S彼氏上々 Final♡1
ももしろ

思い出す——

甘くて甘いとろけた夜

プロローグ…4

SF♡1
再び、Going my way。…8

SF♡2
彼と彼女の結婚式…36

SF♡3
滞った恋…60

S Kareshi JyoJyo
Final 1
Contents

SF♡4
王子様の誕生日 …118

SF♡5
咲人、16歳の恋…162

SF♡6
謎の女、現る。…188

SF♡7
標的は…村岡千亜稀という女…206

Cover design：BEE-PEE　Cover Photo by AFLO

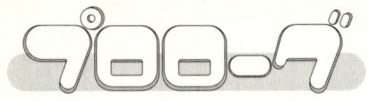

「わ〜…綺麗(きれい)な桜…っ」

降り注ぐ、ピンク色の雫(しずく)はいつも陽気に。
——また、やってきた。

あなたと出逢(あ)ったスペシャルな季節(シーズン)。

『千亜稀(ちあき)』

甘く優しいその声に、名前を呼ばれるその度に。
いつも思ってた。
いつも願ってた。

—いつだって、傍(そば)にいる—
—いつだって、愛してる—

この、胸の想(おも)いを、形に出来たらいいのに——。

「あぁ！　どうしましょう！　あたくし泣いて言葉が出ないかもしれませんわっ」
親友のお嬢様を隣に、あたしは小さく口角を上げる。

あたしの全(すべ)てを奪っていく。
あなたに名前を呼ばれるその度に。
手のひらであなたを感じて。
今ここにいるって、実感させてほしいから。
いつかはココに、感じられたらいいな。

あなたと紡いだ、結晶を。
想いを紡いだ、結晶を。

『……卒業生、入場』

体育館の中から、スピーカー越しの先生の声。
今、隣にいない王子を少しだけ瞳(ひとみ)で捜して、あたしは静まり返った館内に入る。
王子は先頭を歩いて入場している。
真(ま)っ直(す)ぐな瞳の横顔が、久々に見つめるその顔が、やけに大人びて遠くに見えた。
「——…」
ただ、瞳に映るだけでこんなにも胸が苦しくなって仕方な

いんだよ。
ふ、とこちらを向いた王子と視線が合い、あたしの時間は止まってしまう。
久々に見た、フッと笑う意地悪な王子の笑顔。

あなたのその意地悪な微笑(ほほえ)みが、愛(いと)しくて仕方ないってこと。
いつかはそっと、紡げたらいいな。
王子はまた、聞いてくれるかな…？
あたしの中に眠る、熱い想いの結晶を———。

再び、Going my way。

タッタカターッ
毎年決まって遅刻する。
春眠暁を覚えず、なこの季節。
「や、ヤバい…！　また遅刻…っ」
このセリフも、この状況も、今年で三度目の超常連。
「……セ〜〜〜〜〜フッ！」
あたしはぎりぎりセーフで両手を広げ、キキーッとブレーキをかけるようにして、教室に入った。
「思いっ切りアウト」
「！」
入った瞬間、真顔の先生が教卓からそう言う。
「…ぅ゛」
あたしは顔を歪めながら、小さく唸る。
すると、先生は笑う。
ニコリと笑う。
「………ι」
その笑顔が怖くて、あたしは引き攣り笑顔で対応する。
先生が、すぅ…と息を吸うのを見た瞬間、あたしはギュッと体を縮ませた。

「………こんの馬鹿(ばか)もの〜〜〜!!!　廊下に立っとけぇぇぇぇ!!!」

毎年恒例、4月最初に大寝坊。
はねた髪型、乱れた制服。
飛び起きて10分でこの場にいることに、もっと敬意を払ってほしい。
が、しかし。
「あたしは○び太か〜〜!!」(←ちょっと涙目)
…と、大声で叫ぶことも出来ず、言われた通りに廊下に直行。
「……ご愁傷(しゅうしょう)様」
「！」
すかした声で、廊下側の窓を開けて言うのはクソ王子。
丸2年、同居した仲だというのに、この態度！
あたしはギリギリと歯を軋(きし)ませながら、王子を睨(にら)む。
「お、起こしてくれたっていいじゃない〜〜〜!!!」
うわ〜んと吠えながら、そう言った。
「村岡(むらおか)———！　人を頼るなぁ〜〜!!」
先生の、そんな声にどやされて、あたしは一人肩を落とす。
波瀾(はらん)万丈な人生は、王子の婚約発言くらいでは覆(くつがえ)せない。
…そう、婚約発言くらい、では。
………ニヤリ。
思い出すだけで、全てがハッピーになってしまう。

バラ色全開!
あたしの人生バラ色メモリー☆
うふふっと笑って、あたしは廊下に立っていた。

それは高校2年の秋。
王子が言ってくれたあの言葉。

『18んなったら婚約しような』

…って、囁(ささや)いてくれたあの瞬間。
寝起きだったあたしの意識は、一瞬で覚醒(かくせい)した。
甘い、甘い感覚だった。
心の中が、すぅーっと澄み渡るというか…、甘い感覚だけが広がっていくというか…。

あたしはまぶたを閉じて、うっとりと物思いに耽(ふけ)っていた。
「……寝てる？ 立ったまま寝てる？」
(——！)
ヒソヒソと、人の話す声がする。
「ニヤけてる…」
「立ったまま寝てて、しかも夢見てるってこと？」
そんな囁き声に、あたしは小さく目を開く。
———…？
「ギャッ!!」

「わひゃっ!?」
目を開いたその場所に、沢山の顔があって、あたしはビクッと体を揺らした。
すると、大勢の人があたしのことを取り囲んでいた。
「…やっと起きましたわ」
マミヤちゃんの声がする。
あたしはその声に驚いて、ギュッと振り返った。
「やほー！　ちーちゃんてば、すげー特技」
そこには充くんもいる。
「……そんなところに貴重な特技使わなくていいから、もっと有効活用してほしいよ。特技なんてそういくつもあるタイプじゃないのに」
シレッとした顔で、そう言うはあたしの王子。
彼氏様！
あたしはグッと奥歯を噛み締めて、王子と向き合う。
いつの間にか、授業は終わり、あたしは一人、廊下で晒し者になっていたらしい！
「お、起こしてくれたっていいじゃん！」
あたしが噛みつくと、王子は涼しげな瞳であたしに言う。
「…いつの話？　朝？　それとも今？」
フッと、いつものあの笑みを零してあたしを見る。
「…ッッ」
そんな、嫌みな表情にも、ときめいてしまう修行の足りないあたし。

もう、2年！
丸2年！
王子と一緒に暮らしているというのに!!!
「あ、そうそう。4月の下旬から、ドイツ行くから」
――！？
突然、世界の中心は我にあると言わんばかりのこの男がそう言った。
「……は？」
あたしは、動きが止まって聞き返す。
それでも、シレッとしている王子は言う。
「陽聖(ひじり)とエミリーの結婚式。日にちが決まったらしい」
王子は興味なさげな顔のまま、窓の桟(さん)に頬杖(ほおづえ)をつくようにして言った。

「な、なんだってぇぇぇぇぇ………っ!!!!!」

ビュホーン……

「克穂(かつほ)様、千亜稀様。何かご必要なものはございませんか？」

「――…」

もう2年。
丸2年。
王子と共に生活している。
でも!
一向に、こういう展開に慣れることのないあたし。
約12時間のフライトは、イギリスを経験しているので確かに早く感じた。
でも…だからって…。
プライベートジェット機なんて、誰が想像したというのでしょうか!!
「いや。今は結構」
王子はサラリとそう答える。
あたしは口元をピクピクと動かして、慣れないこの状況に必死で順応しようとしていた。
「ドイツって5月が一番綺麗な季節って知ってた?」
豪華な自家用機の中、死んだ魚のような顔をしているあたしに、王子はサラリとそんなことを言う。
「…へ?」
あたしは、色味のない瞳のまま王子へと顔を向ける。
「冬の寒い季節を抜けて、雪が溶けて…緑が青々とする凄く綺麗な時季なんだよ」
王子は広げている本に視線を落としながら、優しく囁いた。
——ドキン。
こちらに見せるまぶたが、言葉も意識も奪う程、綺麗。

高3になった王子は、ますますカッコ良くなっていて、どんどんお父様に似てきていた。
王子はお父様似。
咲人くんはお母様似。
どちらに似ても、こんなにカッコいい…。
「───…」
そんな王子を見て、ぽけ〜っと惚けていると、そんなあたしに気がついて王子が視線を上げる。
「なに？」
自分がどんなに色っぽい顔をしているかって気がついてないみたい。
あたしは言葉を失くして、パチパチと目をしばたかせた。
専任のキャビンアテンダントが飲み物の準備をしているのを横目に見ながら、あたしは小さく考える。
元恋人のエミリーと、現恋人のあたしと…。
王子の親戚や、エミリーの親戚…、それにお偉方の皆様に、なんて思われるんだろう…？
あたしって一般女子の代表といわんばかりの容姿に中身に家柄だし…。
あたしを連れてて、王子は恥ずかしくない…？
ジッとそんなことを思っていると、王子が言った。
「……誰もそんなこと気にしてねーよ。……つーか、誰にも言わせない」
「──！」

王子のそんな言葉に、あたしはキュンと胸が鳴く。
考え込んでいた頭を持ち上げて、あたしは王子を見据えた。
何げなく言った言葉なのか、王子はさっきと同様、本に視線を落としている。
あたしは、そんな王子の姿にニンマリと頬が上がる。
王子とのこの時間を、手放したくない。
ずっとずっと、王子に捕まっていたい。
いつも、いつも…王子に振り回されていたい…。
そんなことを思ってしまう。
「っ」
あたしは隣に座る王子の腕に、ギュッと抱きついた。
「──…なに？」
そんなあたしに、王子は冷静な瞳で問う。
「なーんでもないっ」
あたしはニヤニヤと頬を緩めて王子の腕に頬を寄せた。
「！」
その瞬間、王子の唇に捕まる。
あたしは驚いて、バッと口元を押さえた。
「な、何すん…っ!?」
「そこまで誘っといて、"何する？"はないだろ。そのための自家用ジェットだろ」
どのためだよ!!
あたしはすかさずツッコむ。(心の中で)
「…あっ…」

そのツッコミも、心の声と消え、あたしは王子に囚(とら)われる。
「─Private─」
王子が座席近くのボタンを押して、明るく点灯するランプ。
自家用ジェットの凄いとこって、こんなプライベートルームまで築けちゃうとこ。
「…もっと可愛(かわい)い声、聞かせてよ」
「──…っ」
穏やかに溢(あふ)れ出す空の上、甘い瞳の王子に酔わされる。
あたしを映すその瞳に捕まると、あたしはもう抵抗なんか出来ない。
甘く甘い余韻が、余波が、あたしをさらっていくから。
「…ん…っ」
王子の唇が重なって、背中にはふかふかのシート。
明るい場所で愛し合う、そんな破廉恥(はれんち)な状況に、あたしの胸は響き合う。
「…千亜稀、可愛い」
王子の甘い声。
優しい瞳。
なのに言うことは、こっちが恥ずかしくなることばかり。
「…ゃ…」
王子の強い腕の中に捕まる。
「千亜稀、抱っこさせて…?」
なんてそんな甘い瞳で見つめられたら「うん…」としか紡げない。

甘い余波が体の芯(しん)を熱くする。
触れられる度、心の一番深いトコロが疼(うず)くんだ。
暖かな日差しの中、王子との緩やかな時が永遠であることを信じて疑わずにいた。

上空を飛ぶ鉄の機体が、夕暮れの世界へ突き進む。
愛し合うあたし達を、愛し合う二人が待つドイツへと運んでいた。

「ちーあーきちゃんっ」
「！」
プライベートジェットが空港に着陸し、ゲートを抜けると、目の前に同じ顔した彼女が現れる。
「蜜(みつ)ちゃん！」
髪の毛の色が明るくなり、伸びた髪に緩いパーマがかかっている。
あたしと同じ顔の彼女が、やっぱり少しだけ大人びて見えた。
「久しぶり～！　元気にしてた？」
ニコニコと笑う顔は相変わらず、爽(さわ)やかな雰囲気を醸し出す。
「飛行機の中は快適だったかな？」
そこに、絶世の美男子（男子？）、王子のお父様登場！

「は、はい！　自家用ジェットなんて初めてで…っ」
あたしはお父様に視線を合わせて、慌てて言った。
快適、というか、何というか。
あの機体の中に入るだけで思い出してしまいそう。
王子と愛し合った記憶。
鮮明に思い出してしまう！
「あぁ。まぁまぁだったかな」
そんなあたしの隣で、いつもと同じテンションの王子が言った。
…ま、まぁまぁ!?
その感想に、あたしはギョッとして王子を見つめる。
(…ばーか)
「！」
すると、あたしの形相を見た王子が小声で言った。
(バレバレな顔してんじゃねーよ)
そう囁いて、フッと笑う。
「ッ!!」
ときめかなくていいとこで、あたしの胸はときめいてしまう。
王子はあたしを馬鹿にしたっていうのに、あたしは王子にときめいてしまう！
(くっ、ぐやじいっ!!)
あたしは空港内で地団駄を踏み、「キィ〜！」と声を上げた。

そんなあたし達を見ていた蜜ちゃんとお父様がキョトンとした顔を見合わせながら小さく笑った。
「…何やら、楽しかったようだね」
「本当に♥」
「！」
そんな二人の言葉に、またあたしはボンッと赤くなった。

自家用ジェットを降りて、ケーブルカーのようなもので移動中。
「こちらに１週間滞在出来るというのは本当なのかね？」
お父様が言う。
「へっ!?」
「…ぁあ。長めに休みを取って、５月３日くらいまではいるつもり。陽聖達の結婚式の後、少しだけ観光でもしようかと思って」
驚くあたしの傍ら、王子は当たり前というように言った。
「が、学校は!?」
あたしが問うと、王子は言う。
「その間、俺が勉強見てやるよ。イロイロと」
「――！」
そう言う。
「だったらよかった」
お父様は王子の言葉を鵜呑みにして窓の外へと視線を向け

た。
あたしはそんな王子の発言に、カッと頬が赤くなって静かになった。
「……やーらし」
「！」
赤くなっているだろうあたしに、追い打ちをかけるように王子が言う。
「〜〜〜〜〜っ」
今日の王子は、やたらと…
やたらと絡んでくる！！

「ほぇ〜…」
目の前を占領するものを見て、あたしはお腹の底からそんなマヌケな声が出た。
王子はやっぱり、本物の王子様だったらしい。
目の前に、本物のお城が立っている。
「…薫の趣味でね。こういうアンティークなデザインのものが好きなんだ」
お父様はため息の中に笑顔を隠して、小さく言った。
お父様がドアに近づくだけで、執事の方がドア…いや、門を開けてくれる。
「さぁ、こちらに」
お父様に促され、あたし達はお城の中に入った。
「う…うわぁ…」

王子の実家と同じ雰囲気の、城内。
シャンデリアは多分色違い。
ふかふかの赤い絨毯(じゅうたん)に足を取られてしまいそう。
「ふぎゃっ！」
数歩歩いたその瞬間、あたしは足を取られて転んだ。
「……馬鹿？」
「！」
座っているあたしに、王子は言う。
憎まれ口ばっかり！
いつも意地悪ばっかり!!
今回は普段よりも数倍辛口！
あたしはブーッと頬を膨らませて、王子へと振り返った。
その瞬間。
「よっ…と！」
「──！」
王子に抱きかかえられる。
「わっ!?」
赤ちゃんを抱き上げるようにして、あたしを絨毯の上に立たせた。
「ほんと、世話の焼ける…」
その瞬間、こんな憎まれ口も意地悪な言葉も、全部が全部愛しさに変わってしまう。
ほら。キュン…と胸が鳴く。
そんな王子に、あたしは口元を緩めてニヤニヤと笑った。

「……キモい」
「ッ！」
ニヤけさせたのは王子なのに、そんなことを言う。
幸せや愛しさも忘れて、あたしはガツンと顔を歪めた。
「……痒い、ですわね」
──！
すると、そこに突然マミヤちゃんの声がする。
「え…っ」
あたしが振り返ると、そこにマミヤちゃんと充くんの姿があった。
充くんちの自家用ジェットで到着していたらしい。
なんつーボンボンっぷり。
「おじさん、よくもまー何も言わずに見てられること」
充くんが呆れるようにして、階段の上から言う。
ここは、本物の緩やかな螺旋階段。
いつぞやのパーティー会場を思い出す。
「…これが佐伯原家の愛情表現だからね」
「！」
そう言って、お父様は２階へと足を進めた。
そんなお父様の発言に、あたしはキョトンとする。
（これが…佐伯原家の……愛情表現!?）
キャッと口元を両手で隠す。
「…あーぁ。おじさんのせいで、ちーちゃん、また一人、旅立っちゃった」

鼻で笑うように言う充くんのことは、この際無視。
あたしはニヤける顔を堪えられずにいた。
てことは、て、いうことはぁ!?
お父様も、お母様にこんな風に愛情表現してたってこと!?
少しだけ意地悪で、なのに肝心なとこは優しくて。
なのになのに、素直じゃなくて憎まれ口ばかり…っ。
想像すると、顔がニヤけてたまんない。
お母様、今でさえあんなに可愛らしいんだから、さぞかし可愛かったんだろうなぁ…。
お父様だって、妄想メーターが振り切れちゃうくらいモテモテだったんだろうなぁ〜…。
「うふふ」と、あたしは笑う。
ガシッ！
「ッ!!」
それと同時に、頭の上に痛い程の圧迫。
「人の色恋想像して、ニヤけてるなんていい度胸」
相手にされていないと分かった時の王子は、非常に怖い。
その言葉の裏に"俺を放置するなんていい度胸"という言葉が見え隠れするのは何故(なぜ)だろうか。
いつも全てが…全てが自分中心でないと嫌らしい。
本当に困った、ワガママな王子様。
「え…いや、えと…」
強い圧迫を感じながら、あたしは瞳を泳がせた。
そんな不機嫌な顔にもキュンときちゃうあたしって、やっ

ぱりM体質にさせられちゃったのかな?
真上にある王子の手を見ようと、視線を持ち上げる。
「…俺、先に部屋に行っとくわ」
王子は色味のない瞳でそう言うと、一人スタスタと階段を上って行ってしまった。
「……は……」
そんな理不尽極まりない王子を、あたしは開いた口で見送る。
「もぉ! 千亜稀ちゃんが一人ニヤけているからですわ!!」
マミヤちゃんが階段を降りてきて、あたしの腕を叩く。
「そ、そんな言ったって、こんなことで怒るなんて思わないじゃん!!」
あたしはそれに抵抗するように、強気で言った。
「もぉ! 馬鹿馬鹿! 千亜稀ちゃんてば、無神経ですわっ! これだから、花より団子の千亜稀ちゃんは!!」
「ひ、ひど…っ!」
散々な言われように、あたしは涙がちょちょぎれる思いでマミヤちゃんを睨んだ。
「…ははっ。克穂は千亜稀ちゃんが関わるとずいぶん子どもになるんだなぁ」
「!」
すると、近くに立っていたお父様が笑いを堪えてそう言った。
あたしとマミヤちゃんは突然のことに驚いて、ポカンと口

を開けたまま、お父様の方へと振り返る。
「……子ども…？　克穂、くんが…ですか…？」
呆気(あっけ)に取られてお父様に問うと、お父様は笑う。
「あぁ。"子ども"だ。…子どもといえば、そうだ。千亜稀ちゃん、ちょっとおいで。…マミヤは充とデートかな？」
言葉の裏に、"デートに行っておいで"という言葉が隠れているような気がした。
…そういうところが、トコトン王子と似ている。
お父様のその言葉に、今まで一緒に口を開けていたマミヤちゃんが充くんへと視線を向けた。
「…そ、そうですわね。久しぶりにドイツの街並みでも眺めてきましょうか…」
そう言って、二人が去り、お父様があたしを手招きした。

その優雅な手のひらに誘われて、あたしは茶色の質感高い大きなドアをくぐる。
そこは、新しいとは言えないが、その使い古された質感が、逆に高価であると物語っている物達の置かれた部屋だった。
本物の、暖炉(だんろ)がある。
「ぜひ、千亜稀ちゃんに見せておきたいものがあったんだ」
お父様が言った。
「へ…？」
あたしはこの部屋に奪われていた意識を、ギュッとお父様に向ける。

すると、後ろに立っているお父様がある冊子を持っていた。
「これを、見てみないかね？」
そう言って、暖炉の傍に置かれていた広いソファーに腰掛ける。
「え…」
あたしは不思議に思いながらも、お父様の傍に近づく。
促されるまま、お父様の隣に腰掛けた。
お父様の手に握られた冊子には、"Memories of Katsuho"と書かれている。
「…え……？　これ…」
あたしは、その表題を見てお父様を見上げた。
すると、お父様はパチリとウインクをしてあたしに言う。
「咲人に聞いていたんだ。千亜稀ちゃんに"お兄ちゃんの子どもの頃を見せる"と約束した、とね」
そう言って、お父様がアルバムを開いた。
あたしは、その中に広がる、王子の幼少時代に触れる。
「……わぁ…！」

そこには、生まれたばかりの王子。
赤ちゃんのくせにやたらしっかりした顔立ち。
透き通る肌は、今よりもずっと白い。
まつげがまだ短くて、なのに綺麗なまぶたは今と変わらない。
手のひらなんてこんなに小さい！

気がつけば、お父様があたしの膝(ひざ)にアルバムを移してくれていた。
ページをめくる度、王子の歴史に触れていく。
「………。」
そう思うと、言葉にならない感情があたしの中にわき起こっていた。
徐々に大きくなる王子。
初めて歩いた日、と書かれたページには、よちよちの王子の姿。
青色のベビー服を着せられて、そしてお気に入りだったのだろうか。
布で出来たバスケットボールを口元に置いて、こちらを振り返っている。
(ヤバい…、胸キュンが止まらない!!)
この時には既に、茶色の髪は少しだけ癖っ毛で…。
この時にはもう、振り向くだけでまつげが見える。
顔の整った、小さい頃から分かる少しだけ凛(りん)とした雰囲気。
「———…」
また、胸の奥がキュンとなる。
ページをめくるごとに、どんどん大きくなる王子は、やっぱり本物の王子様だった。
小学2～3年生だと思われる時には、ベレー帽のようなものを被(かぶ)せられて、何か長い楽器を持たされている。
目もクリクリ。

「これは、イギリスに行った時の写真だ。エミリーと知り合ったのはこれくらいの時だったかな。もちろん陽聖も、この頃にエミリーと知り合った。昔から何故か、克穂の方がモテていてね。この頃から陽聖は何かと克穂をライバル視していた」
お父様の言葉に、あたしは再び視線を落とす。
ミニチュア王子。
咲人くんに似てるだろうって思ってたけど、目元はやっぱりお父様似だ。
可愛い咲人くんとは、またちょっと印象が違う。
あたしは無言のまま、アルバムを凝視していると、お父様が再び口を開いた。
「…克穂はいつも、あんな感じなのかな？」
優雅に頬杖をついているお父様が優しく言う。
あたしは、さっきの自分勝手に部屋に戻った王子を思い出して、お父様に言った。
「…いえ。いつも…も、たいていはあんな感じでマイペースなんですが…今日はちょっと、感じが違いました…」
あたしが視線を逸らしたままそう紡ぐと、お父様がクスッと笑う。
「…何故だか分かるかい？」
その質問にあたしはまたキョトンとした。
「いえ…」
あたしが答えると、お父様はいつもよりもずっと優しい笑

顔を浮かべる。
「克穂はね、ずっと千亜稀ちゃんをここに呼びたかったんだ。だから今日連れてくることが出来て、本当はとても喜んでいる。……これはあくまで父親の勘だけどね」
最後にそう付け加え、お父様は肘置きに悠々と肘をつき、笑みを広げた。
そんな意外な発言に、あたしは大きなキョトンをする。
「へ…？　あれで…」
…喜んでる？
じゃ、じゃぁ…意地悪に拍車がかかっているのは…。
「愛情の裏返し。ってやつだね。まだまだ克穂も幼いな。
──では、楽しんで。私は退席させてもらうよ」
「──！」
そう言って、お父様は陽気に笑う。
ボッと頬の赤らんだあたしを置いて、お父様は部屋を出て行った。

王子が、ずっと…あたしを連れてきたかった？
連れてくることが出来て…喜んでる…？
お父様の言葉を反芻し、あたしが一人アルバムを広げている時だった。
「おねーぇちゃんっ」
「！」
突然、後ろからそう呼ばれた。

この声は——…。
「咲人くん!」
ソファーの背に腕をつき、あたしを見つめている。
「あ〜! パパに貸してもらったんだ? どう? 可愛いでしょ? お兄ちゃんの小さい頃」
そう言って、開いていたページの王子を指差す。
お父様いわく、このアルバムを見せてあげてと言ったのは咲人くんだった。
ずっと前に話した内容を、咲人くんは覚えてくれていたのだ。
「あ、うん! 咲人くんがおじ様に言ってくれたんでしょ!? ありがとう!」
あたしはアルバムを小さく持ち上げて、咲人くんに言う。
すると、ソファーにぴょんと跨がって、咲人くんが隣に座った。
「今度はお姉ちゃんのアルバム、見せてね」
満面の笑みでそう言う。
「うん! もちろん——」
そう答えようとした時だった。
「それは是非、拝ませてもらわないと」
「！！」
後ろから、全然そうは思っていないであろう声。
声の主は、もちろんあの人。
王子様。

「へぇ？　いいもん見てんじゃん」
王子がそう言って、あたし達が座るソファーにやってくる。
「お兄ちゃん！　明日の式、楽しみだよね！」
咲人くんは王子を見るなり、いつものように飛びついた。
もう、咲人くんも背が高くなっているので…若干ボーイズラブの雰囲気が漂う。
「…咲人。いい加減、その抱きつく癖、なおさないと」
そう言って、咲人くんを剥がした。
「やだ〜〜〜！　僕はいつまでもお兄ちゃん子なんだ〜〜」
咲人くんはそう訴え、王子に抱きつこうとする。
そういうやり取りを真横に見ながら、あたしは感じる。
咲人くんは、言うことは変わらない。
最初出逢った時と何ら変わらない。
でも…。
その言葉の中に、余裕というか冗談というか…。
言葉では上手に表現出来ないものが見え隠れしている。
そう感じる。
…言葉の裏に真意が見え隠れするのは、この家系の血筋なのだろうか。
すると、結局優しい王子が先に折れる。
「…分かったよ。でも——」
「———！」
その瞬間、王子に引っ張られた。
「千亜稀が先。咲人は後。分かった？」

———！！！
ギュッと抱き寄せられたあたしの肩に、王子の腕が回っている。
真正面に咲人くんと向き合って、そのキョトンとしている瞳を見つめた。
キョトンとした後、咲人くんがにっこり笑う。
その顔は、あたしよりも高い位置。
初めて出逢った時と、この部分も違っている。
「もちろん。将来の"お義姉さん"だからね」
(しょ、将来の"お義姉さん"…っ)
咲人くんはそう言って、お父様と同様この部屋を出て行った。

結局、王子と二人きり。
王子の腕がまだあたしの肩にあって、お父様の言う言葉を思い出した。
『本当はとても喜んでいる』
ボンッ!!
(あわわわわわわっ…！)
勝手に脳内がその言葉を思い出し、あたしは必死に頬を押さえる。
今、ここで赤くなってしまうと王子の腕が肩に回ってるせいだって勘違いされちゃう！
勘違いされちゃったら…また、また！飛行機の中みたいに

…っ。
あたしはあわあわと熱い頬を手であおぐ。
頬を押さえた瞬間、王子がカー…ッとなっているあたしに、気づいた。
「…何で赤くなってんの？」
ニヤリと笑う口元が視界の隅に入ってくる。
「な、な、なんでも!!」
あたしは咄嗟にそう答え、王子の腕からすり抜けた。
「おい、千亜稀…!」
王子があたしを追いかけようとした瞬間…。
「克穂様、千亜稀様。お食事の用意が整いました」
「──!」
メイドさんの一声が部屋の中に溶け入った。

「ははははは…っ。咲人は本当に克穂が大好きなんだなぁ」
驚く程の優しい笑い声が食卓を囲んでいる。
「そうだよ！　なのにお兄ちゃんはお姉ちゃんばかり。酷いと思わない？　兄弟は二人しかいないのに」
そう言って、もぐもぐと頬を膨らませながら咲人くんが言う。
大食堂。
某映画の食事風景を思わせる長いテーブル。
天井には光り輝くシャンデリアが数台。
隣に座る王子は、思い切り手を伸ばしてやっと届く距離。

目の前に並べられているフルコースなメニューに、あたしは釘付け。
誰かの粋な計らいで、あたしにはお箸が一膳用意されていた。
そんな楽しい会話の傍ら、あたしはお肉をいただく。
王子の家のコックさんは、最高の味付けをしてくれるんだ。
驚くくらいあたし好み。
あたしはニヤニヤしながら、お肉を運ぶ。
「千亜稀さん！」
「——！」
すると、お父様の隣に座っていたお母様が声をかけてきた。
年を取らないその姿は、魔法みたいだ。
「は、はい…っ」
あたしは口元を拭きながらお母様に返事をする。
「明日のお式のドレス、もう決めてありますか？」
お母様は優しい笑顔で言った。
「え…っ。あ…！」
そうか。
ドレス…。
結婚式なんて初めてだから、すっかり忘れていた。
ドレス…、ドレス……？
「あぁぁぁぁぁ！！！」
あたしは持っていたお箸を掴んだまま、席を立ち上がる。
しまった！　忘れていた!!

1年生の時、王子にもらった紅(あか)いドレス！
持ってこようって、…持ってこようって思ってたのに〜〜
〜〜！！！
あたしは立ち上がったまま、顔面蒼白(そうはく)で佇(たたず)む。
「…いったい何があったんだい？」
そんなあたしに慣れないお父様が、王子に聞いた。
「…ドレスを忘れたってとこかな？　一度着たドレスを着
せるわけないのに」
全てお見通しの王子は、料理を口に運びながら素っ気なく
そう答えた。

彼と彼女の結婚式

怒涛(どとう)の昨夜。
放心状態にあるあたしに、ウキウキ顔を広げていたのはお母様だった。
『そういうことだろうと思って、選ばずにきたんだよ』
ドアのところに寄り掛かって、王子が言う。
『さすがは克穂。よく分かってるわね』
お母様はそう笑顔で言い、あたしを採寸する。
『あら…。一昨年(おととし)とサイズは変わってないわね』
そう──。
まさか、あの時のドレスをお母様がデザインしているなんて知らなかった。
お母様はブティックのようなものを全世界に何百店舗も持っているらしい。
そんなお母様が、両手を広げて立っているあたしのお腹の位置で言う。
『このサイズなら、うちのお店に沢山あるわ。連れていってもいいかしら？』
お母様のその笑みに連れられて、あたしはドレスを選んだ。
そして…。

「今日はお日柄もよく、最高の１日ですな」
完璧(かんぺき)な青空の下。
青々とした緑の芝の上。
白いテーブルクロスで飾られた沢山のテーブルが、芝の上を陣取って、その上には美味(おい)しそうな食材が次々に運び込まれている。
そして目の前に、三角屋根の白い教会。
てっぺんには、大きな金色の鐘がぶら下がっている。
ドイツの５月は「Mai」と書いて「マイ」と読むらしい。
１年の中で最も綺麗な時季。
陽だまりの中で遊ぶ、木々の音色がさやさやと心地よい。
その暖かな日差しの中、来賓(らいひん)の方々と楽しそうに談話している、王子のおじい様の姿。
その隣にいるのは、外国の人だ。
お風呂場(ふろば)で遭遇したあのおじい様は、前と変わらず白いひげをたくわえて笑っている。
「本当ニ、トテモイイ日デスネ」
隣に立っていた外国の方も、片言の日本語で喋(しゃべ)った。
なんと、エミリーとピエはドイツ・イギリス・日本…と、３ヶ所で式を挙げるらしい。
「………」
規模の違う結婚式に、あたしは声が出ない。

ドイツは主に、ピエの親族が集まるので、あたしも呼ばれた…とか？
でも今日、おばあ様がどうしても出席出来ないので、急遽日本でもやることにしたらしい。
「あら～!! 千亜稀ちゃん！ 素敵なドレスですこと!!」
日差しを気にしながら立っていたあたしに、マミヤちゃんの声がする。
振り向くと、ツヤツヤの淡いピンクのドレスを身に纏ったマミヤちゃんの姿があった。
ドレスはマーメイドタイプのもので、目を引く度合に少しだけ不安が過ぎる。
（…花嫁さんに間違われないだろうか…）
タラーンとこめかみに焦りの汗を流すあたしに、マミヤちゃんは満面の笑みで言った。
「おば様のお店のドレスですか？ 紺色の薔薇も素敵ですわね」
マミヤちゃんは口元にキラキラした付け爪をつけた指を置き、太陽に負けないくらいの笑顔を見せる。
お母様が選んだのは、水色と紺色がデュエットしたデザインが奇抜なドレス。
もちろんプリンセスタイプのドレスで、足元のあたりに水色と紺色のバラのようなモチーフがついている。
肩からは白いショール。
「お、おば様に見立ててもらって…」

あたしはショールを触りながら、マミヤちゃんに答えた。
「おぉ！　克穂くん！　ご機嫌いかがかな!?」
「──！」
そこで、王子登場。誰かの声にあたしは振り向く。

そこには夢で見るような王子様の姿。
グレーのモーニングコートが最高に似合っている。
昨日のあんな写真を見てから、なんだか王子との距離がグッと縮まった気がして、ワクワクが止まらない。
もし…もし。
こんな素敵な日に、素敵な場所で、王子と式を挙げられたら…。

リンゴ〜ン♪

青い空を彩るライスシャワー。
花吹雪はもちろん、赤にピンクに黄色に白。
拍手喝采（かっさい）の中、微笑む二つの赤い頬。
『克穂様〜!!　結婚なんてなさらないで〜〜！』
…なんて、結婚を惜しむ女達の声。
『くそぅ！　僕らのちーちゃんが…っ』
…と、実はあたしにもいた隠れファン。（←激しく妄想）
そんなみんなを横目に、あたしは歩くの。
最高にカッコいい、Superなダーリンと。

『千亜稀…。俺が誰よりも幸せにするよ』
と、甘く囁くのはもちろん王子。
キラキラの笑顔が、暖かな陽だまりの中に溶けて、そして
あたしは王子に腕を絡める。
『絶対絶対、離れたりしないからね！』
笑顔でそう言って、あたしは高々とブーケトス。
真っ白なウェディングドレスが、青い空に溶けていく。
ブーケと一緒に、真っ白な鳩が空を跨ぎ、羨む歓声は既に
大きく。
『わぁぁぁぁ…』
みんなの笑顔が空に弾け飛ぶ。
もちろん、みんなの前で甘いキスも忘れずに…。

「…………はぁ～。いいわぁ～」
あたしは合わせた両手を頬に置き、うっとりと空を見つめ
ていた。
今日の空は雲ひとつない、快晴10。
うっとりと瞳を滲ませているあたしの横、ド派手なお嬢様
が言う。
「…そろそろ、ツッコミを入れなくていいのですか？」
「──。鳥肌が立った」
それに色味のない瞳で、空をぐるっと見渡した王子様が答
える。
カチン！

その物言いに、あたしはイラッと顔を歪めた。
「べ、別にいいじゃない！　想像するくらい！　迷惑かけてないんだから!!」
あたしはそう凄んで、王子と向き合う。
「——お前…」
王子が何かを言いかけたところで、青空の下、大きな鐘の音が響いた。

リンゴ〜ン♪
カランコロ〜ン♪
「！」
その大きな鐘の音に、みんなの意識が教会に向く。
それと同時に、金管楽器の生演奏が始まった。
結婚式といえば！な音楽に、あたしが今しがた想像した紙吹雪にライスシャワー。
その奥から、キラキラを携えたピエが姿を現した。
パチパチと拍手が溢れ、その拍手の中、ピエが教会の扉の前で立ち止まる。
すると、教会の階段の下から赤い絨毯がこちらに向かって転がり始めた。
「へ…っ!?」
クルクルとこちらに向かってくる絨毯に、あたしは驚く。
すると、隣に立っていた王子が言った。
「エミリーのリクエスト、かな？　レッドカーペットの気

分を味わいたいんだと」
王子の言葉に、あたしは口を開ける。
赤い絨毯が転がり、そこに真っ赤なバージンロードが現れた。
バージンロードのその先には、緑の木々の中、太陽から守られて揺れる影を見え隠れさせる十字架を携えた聖壇。
いつの間にか、そこに牧師さんがやってきている。
ピエが先にスタートし、そのレッドカーペットの上を歩いた。
ピエは真っ白なモーニングコートを身に纏い、真っ黒な髪がまたよく映えている。
迫力のある目元に、少しだけ強気な表情。
がたいの良さが、モーニングコートの下から見え隠れする。
「久しぶり」
歩いてくる途中、ピエがこっそりあたしへと手を上げた。
あたしは感極まるこの雰囲気に圧倒されながらも、口角を上げて返事に代える。
そして、ピエが聖壇の前に立ち、くるりと後ろを振り返った。
バーン!!
そこで、音楽の山場を迎え、徐々に音が小さくなっていった。

シーンとした空気がこの場を包み込む。

辺りが静かになると、次は静かな音楽が流れてきはじめた。
コツ…コツ。
最初王子と会った時と同じ、靴の音。
そんな小さな音も聞こえるくらい、辺りは静まりかえっていた。
コツ…コツ……。
───そして、教会の扉の前に、ウェディングドレスを身に纏った綺麗なエミリーが姿を現した。
「───！」
その瞬間、何故か涙が溢れ出す。
「…千亜稀!?」
エミリーの綺麗な姿を見た瞬間、滝のように溢れ出した涙を見て、王子がギョッとした顔をした。
「…どうした!?」
突然のことに、さすがの王子も戸惑っている。
どうした…って聞かれても、自分でも理由なんて分からない。
綺麗なエミリーを見た瞬間、考える暇もなしに涙が溢れていた。
ホント…綺麗…。
「こっちも重症」
「！」
すると、近くにいた充くんが王子に言う。
その声に気づいて、王子同様、あたしも振り返った。

「Σ！！」
そこには、顔の前で祈りを捧げるようにしているマミヤちゃんの姿。
涙が幅3センチくらいで溢れているのが分かる。
「ど、どうしたの…!?」
泣いていたあたしも驚いて、マミヤちゃんに問うた。
すると、大きな瞳を輝かせながら泣いているマミヤちゃんが口を開く。
「素晴らしい、素晴らしいですわ！　なんて綺麗なんでしょう！　あぁ!!　これこそ、乙女の夢ですわ!!」
乙女マミヤはそう言って、人込みを掻き分けて前の方へ進んで行く。
それを見て、充くんが王子に肩を竦めた。
"何言ってんだか"という顔。
すると、王子が言う。
「あれがマミヤの夢、なんじゃねーの？　男として、どうするのかな？　充くんは」
王子はすかした笑顔を見せて、片方の口元でそう笑う。
「！」
すると、意表をつかれたように充くんは目を見開いた。
「じゃ、俺らも前の方に行こうか」
王子がそう言って、あたしの背中に手を回す。
呆気に取られている充くんを置いて、あたし達はレッドカーペットへと足を向けた。

クスクスと笑いが零れてしまう。
「…泣いたり笑ったり、忙しい奴だな」
王子の言葉に、あたしは目尻を拭いながら、まだ笑ったままでいた。
「だって。克穂のセリフ、まるで"プロポーズしろよ"って言ってるみたいなんだもん」
あたしが何げなくそう呟くと、王子の笑っていない瞳があたしを捉える。
「──…「あっ!! エミリーがピエにパスされる!!」
王子が何かを言いかけた瞬間、あたしは赤い絨毯の上を歩くエミリーに視線を奪われた。
エミリーのお父さんに連れられて、バージンロードを歩いていたエミリーが聖壇の傍で待つピエへと近づく。
おじ様の目には涙が浮かび、エミリーも名残惜しそうにおじ様を見つめる。
ピエへとバトンパスされる手のひらの前、エミリーがおじ様へと抱きついた。
「…Love you！」

───…

なんて──。
なんて感動的なシーンだろう。
パパに抱きついて、一緒に涙を流して…。

でもそれは人生の中で一番綺麗な雫。
何の濁りもない純粋な雫は、今まで見たどの雫よりも綺麗に見えた。
「…口、開いてる」
「——！」
このロマンチックな雰囲気を無残にも壊してくれるのは、やっぱりこの人、王子で、あたしはその指摘通り開いてた口をグッとつぐんだ。
「い、いいじゃない!! 感動的なシーンなんだから！」
あたしはバツが悪く、王子にそう言うと、再びエミリーへと視線を向ける。
エミリーはおじ様との別れが名残惜しいと言わんばかりに指先まで求め、そして、隣で待っているピエへと視線を向けた。
「Please give your everlasting love to Emily.（エミリーをよろしく頼むよ）」
「Of course.（もちろんです）」
ちゃんとは聞き取れなかったけど、その言葉と真剣な二人の眼差しに、一度引いていた涙が再び溢れ出す。
「……う、ふぇ…っ」
あたしはグスッと鼻を鳴らして、持っていたハンカチに顔を埋めた。
ピエに連れられたエミリーは、穏やかな笑顔を浮かべながら、牧師さんの待つ聖壇に近づく。

二人が数段ある階段に足をかけた瞬間、バックコーラスがこの場所を呑み込んだ。
生のコーラスに、みんなが酔いしれる。
牧師さんの静かな、そして凛とした声が、この場所に溶けていた。

「わぁぁぁぁ…っ」
二人の誓いのキス。
そして、ピエがギュッとエミリーを抱き掬う。
愛しさが滲んで、言葉にはならなくて、やっと…やっと抱き締めることで気持ちを転換したのだろう。
その強い圧迫に、エミリーがまた綺麗な涙を零した。
そして、数段の段差の上、ピエとエミリーがこちらへと振り向いた。
エミリーがブーケを顔の近くへと持ち上げる。
「！！」
それに反応してしまうのは、やっぱり乙女の夢。
レッドカーペットに群がるお嬢様達の中、あたしも突進した。
バッ!!
「！？」
すると、少し前にハンカチを広げた人がいた。
もちろん――…。
それはマミヤちゃん。

ハンカチを広げ、キャッチする面積を増やそうと躍起になっている。
「逃しませんわよ〜〜！　あたくしの婚期!!」
…燃えている。
「To last forever!!」
エミリーがそう叫び、ブーケが宙を舞った。

「…………。」
きゃあああ…！

みんなのそんな黄色い声が飛び…。
ポスン！
飛んだブーケが着地する。

「あ」
「あっ」
「あぁ!!」
「───!!!」

「あ───！！！」

それをキャッチしたのは…、
「──なんで、俺が」
…王子だった。

「シクシクシクシクシクシク…ッ」
涙が止まらなかったのは、あたしでもない、ピエでもない、もちろんエミリーでもない。
それはマミヤちゃんだった。
「あ、あたくし、やっぱり淡い夢なんですわ…っ」
そう言って、THEお嬢様は涙を呑む。
「そ、そんな…。まだチャンスは沢山あるって」
あたしは背中を擦(さす)りながら慰めた。
「"まだ"!? "沢山"!? あたくし、そんなに待たなくてはならないのですか!?」
あたしの言葉尻を取って、マミヤちゃんの涙が滝になる。
「う゛」
そんなマミヤちゃんに、あたしは言葉を失った。
無事に式が終わり、あたし達は王子の家へと戻ってきていた。
豪華な披露宴も、美味しすぎるコースも、120％堪能した。
…マミヤちゃんを除いては…。

「…なんならマミヤ。これ、やろうか？」
それをソファーに腰掛けて聞いていた王子が、ブーケを持ち上げながらマミヤちゃんに言う。
モーニングコート姿のまま、タイを外して首から下げてい

た。
…その姿がまた、鼻血もんなくらいセクシー。
「バッ…!　そんなことしたら、一生結婚出来ないんですのよ!?　ブーケをもらう、なんてそんなこと…!　ブーケは勝ち取ってこそ意味があるのです!　幸せは、自分で掴み取らなきゃいけないのです!」
喚(わめ)くように顔を埋(うず)めるマミヤちゃんに、王子が言う。
「"掴み取るもの"だって、分かってんじゃん。じゃ、ブーケに泣くよりももっとやることあるんじゃねーの?」
王子のそんな言葉に、マミヤちゃんはわーわーと泣いていた手を止めた。
「―――…」
王子の、こういう言葉には、やっぱり敵(かな)わないとあたしは思う。
あたしには、こういう言葉をかけてあげることはできない。
たまに劣等感を感じるくらい、王子の言葉は胸に響く。
「…そうだよ。勝ち取らなきゃ」
あたしはマミヤちゃんの肩を擦って、優しく言った。
「でも――」
そこで、王子が口を開く。
「もしかしたら、もうそこまでチャンスは来てるかも」
王子がそう言った瞬間…。

キャララン♪　キャララン♪

マミヤちゃんの携帯が震えた。
「Hello?」
マミヤちゃんは涙を拭いて、電話に出る。
『マミヤ!? 今どこにいんの!?』
受話器から漏れてくる、充くんの焦った声。
「充、束縛の鬼。だったっけ?」
王子の声は大きく、それでは充くんに聞こえてしまう。
「ば、馬鹿! 空気読んでよ!!」
あたしは王子の口元を押さえるようにして、王子に言った。
「……誰が、馬鹿、だって?」
「ひっ!」
その瞳は暗黒の色。
王子のキランと黒光りする微笑みに、あたしはカチンと固まる。
『克穂んとこか。…よかった、心配した』
充くんのため息をつく声に、あたしはギュッと意識が向く。
マミヤちゃんの充くんへの想いは、ずっと隣にいたから痛いくらい分かっていた。
でも——。
充くんだって、本当にマミヤちゃんを想っている。
マミヤちゃんが心配しなくても、ちゃんと…充くんは——…。
「そういう行動が、一番の"答え"なんじゃねーの? 頭の中の心配は、しすぎないのが一番だよ」

王子はそう言って、スッと立ち上がった。
「じゃ。俺らはもう、おやすみしますんで」
「——！」
突然そう言って、あたしの肩を掴む。
廊下とは逆の扉を開け、寝室へと足を進めた。
あたしは知らなかったそのスケジュールに、驚いて王子を見上げる。
「お、おやすみ!?」
あたしがそう言うと、王子が「シッ」と人差し指を立てた。
その瞬間——。
「マミヤ…！」
どこにいての電話だったのか、充くんが姿を現した。
「…馬鹿。ちゃんと連絡入れとけよ。心配した」
そう言って、充くんが座っているマミヤちゃんの顔を抱き締める。
「…み、充…」
今まで聞いたことのないくらい、マミヤちゃんの可愛い声。
充くんの胸の中に捕まって、マミヤちゃんは少しだけ焦りを見せていた。

——パタン。
そこまで見送って、王子がドアを閉めた。
「ホント、お前らの仲の良さも問題だよな」
呆れたため息に、天井を向いた綺麗な瞳で王子が言う。

「どゅこと…？」
あたしは肩に腕を回されたまま、王子に訊ねた。
「こゆこと」
「！」
そして、突然のキス。
唇にチュッと触れた。
「へっ!?」
いつも突然。
いつもふいをつかれてされるキスにあたしは戸惑う。
「…お前らって大切なことは神頼み。占いにしろ、ブーケにしろ。ガッツはあるくせに、変なとこで弱気。…見てて笑えてくる」
「——！」
そう言って、王子がギュッとあたしを抱き締める。
その甘い圧迫に、あたしの耳は王子の胸へとくっついた。
ギュッと閉じ込められると、王子の柔らかな鼓動を感じる。
王子も、感じてる…？
あたしの方が少しだけ速い、甘い鼓動…。
ギュッとあたしを抱き締めて、それがスイッチ。
あたしはゆっくりと視線を上げる。
すると、ダンスのステップを踏むように、お互いがお互いのリズムを感じている。
２年間、二人で刻んだこのステップのタイミング。
ギュッと抱き締められて、そっと見上げる。

すると、ゆっくりと王子の顔が近づいてきて、そして、触れ合う。
触れ合う時には、静かにまぶたを落としていて、王子の唇だけを感じる。
クチュ…と漏れる甘い音も、いつもなら恥ずかしくて奥手になってしまうこの感覚も——。
今、ドイツにいるから…？
今日、素敵な式を見たから…？
今までにはない、情熱的なあたしが顔を出す。
過去に近づけた、昨日。
理想を目にした、今日。
そして、この手のひらで愛しい人を、今、感じて——。
あたしは王子と溶け合うようにして、ベッドへ雪崩れ込む。
悔しいくらい素敵なモーニングコート姿の王子が、徐々に服を脱いでいく。
ドレス姿のままだったあたし。
さすが王子。
ドレスの脱がし方も完璧で、あたしは甘い空気が脳を回る。
「…千亜稀も——…
千亜稀のウェディング姿も、綺麗だろうな…」
———！
王子がそう言って、ギュッとあたしを抱き締めた。

二人の…二人の結婚式。

それはきっと──…。

「A happy happy wedding!!」
溢れる歓声は全てあたし達への祝福の証(あかし)。
舞う花びらは全て"愛してる"のバラの花。
ライスシャワーを一身に浴びて、微笑む姿は二人の軌跡。
二人の思い出が、想いが、一つになる日。
「ありがとう！　ありがとう!!」
みんなが作ってくれたアーケードをくぐりながら、みんなに感謝のハグをして、泣いて笑って素敵な式にする。
いつだって王子がさらっていく。
あたしの過去も、未来も、現在も。
全ては王子のもの。

「はぁ…」
ベッドに寝転んで、あたしはほうっとため息を零す。
「何、起きてたの？」
そう言って、王子がこちらを向いて腕で頭を支える。
そして、横で寝転がるあたしの髪を優しく掬う。
「……結構、伸びたな」
その言葉と一緒に、チュッと甘いキス。
髪を掬って、髪にキス。

───…キュン、と胸が鳴る。
昔からの癖…なのかな？
出逢った頃を思い出す。
「───…」
言葉が出ず、王子を見つめていると、王子が言う。
「───その瞳で見んな」
そう言って、少しだけ恥ずかしそうに瞳を逸らした。
そんな王子が可愛くて、胸の奥がツゥンとして、あたしはニコッと笑みを広げる。
毛布を顔の位置まで持ち上げて、あたしは瞳だけで王子を見た。
「…そゆとこ、変わってないんだね」
あたしがそう言うと、王子を取り巻く雰囲気が変わる。
「───何が？」
「！」
今の今まで、少しだけ照れていた王子はどこ吹く風。
"何が？"と訊ねた王子には、黒い影が取り巻いていた。
「千亜稀が俺をいじろうって…？」
そう言って、何故かあたしの上に跨る。
「ちょ！　ちょっと！　誰も克穂のことをいじろうなんて…！」
あたしは必死に顔を背けて逃げようとするが、毛布ごと押さえ込まれているので、それが出来ない。
背けている顎を王子が触り、こちらを向けと言っている。

「…にゃ、やぁ！」
あたしは必死に目を瞑るが、それも藁。
グッ！と王子の唇に捕まる。
その瞬間、心の奥が熱くなる。
「……ん…っ」
王子の唇があたしを捉える。
分け入る冷たさが、裏腹に体を火照らせる。
ギュッとまぶたを閉じていても、あたしの体は素直。
王子へと、ギュッと手を伸ばす。
「……いい子」
「───！」
そう言って、王子があたしを抱き起こす。
毛布に包まれながら、座った体勢で、あたし達は愛の海に落ちていった…。

この時のあたしは──…
こんな甘い生活が、いつまでも続くだろうと思っていた。
きっと誰にも邪魔されなくて、…邪魔出来なくて。
今までと同様、ずっとずっと続いていくと思っていた。

─あと1年で卒業─
分かっているようで、実感はないんだ。
いつまでも変わらぬ日々が、続いていくと思っているから。

1日1日は、いつもと同じように過ぎていて、穏やかな変わらぬ日々が流れてて…。
なのに突然、年単位で日々を換算すると、いつの間にか1年、2年と経(た)っている。
気がつけばもう、もうすぐで18歳。
王子もあたしも…18歳になる——。

「あ…っ」

甘い誘(いざな)いは、その現実の裏側に。
ひっそりと影を潜めて、近づいている。

高校3年生。
大きな海原へと飛び立つ時。

二人の未来を分かつ時がくることを、あたし達はまだ知らない———…。

SF♡3
滞った恋

しとしとと、空を舞う雫達。
入学してあっという間に数ヶ月が経ち、僕は寮から高校へと向かっていた。
「おはようございます！　咲人さんっ」
お兄ちゃんが"様呼び"を廃止してくれたお陰で、少しはマシになった学校生活。
でも、行く先々であんな風に頬を染められていたら、疲れて仕方ない。
高校から外部受験で入ってきた人達の、こんな態度に嫌気が差す。
(お兄ちゃんもこんな思いをしてたのかな…)
僕は、そんなことを思いながら日除け・雨除けのために作られた寮と学校を結ぶアーケードの下を歩いていた。
霧状の雨は、屋根に当たる音さえもしない。
僕はそっと寮を見上げた。
寮の最上階は、今でもお兄ちゃん達が使っている。
お姉ちゃんに言った"入学者数を稼ぐために寮部屋をくじ引き"なんていうのは、もちろんお兄ちゃんが作った嘘の話。

僕は普通に、男二人部屋の寮に入っている。
もうすぐで玄関という時に、ふと視界に入ってきたものがあった。
ガラス張りの玄関口の先で、サッと動いた影。
「…ん？　ちょ、ちょっと!?」
あの時の新聞の子の背に隠れる、何かの姿。
みんなは少しでも僕を見ようと顔を向けるのに、背に隠れるなんて…いい度胸。
僕はその新聞の子を目掛けて、ツカツカと近づいた。
僕が真っ直ぐに自分の方に歩いてくるので、その新聞の子は挙動不審気味に、瞳を遊ばせる。
「…へ、…へっ!?」
僕はそんな彼女に、フッと微笑んだ。
その子も、つられてフッと微笑む。
「ねぇ、ララ。何で隠れるの？」
僕はスッと真顔に戻して、その子の背に隠れたララの襟首を掴んだ。
「ひゃ、ひゃっ!!」
そう。
嵐を呼んだエミリーと陽聖の婚約パーティー以来、ララはずっとこんな調子。
騒がせた本人達は、今はイギリスでイチャついている。
まぁ、５月にあった、挙式の時のエミリーは綺麗だった。
って、言ってやってもいいかな。

僕はララを、その子の背から引っ張り出して、ジッと見下ろしていた。
「ちょ、離して…っ」
僕が掴んだ襟首を、離させようと手を上げているが届いていない。
意味不明に僕を避けようとするから、入学して以来、ずっとこんな感じ。
みんなが見守る中、僕はララを引っ張り出した。
他の人達から見たら、羨望(せんぼう)の眼差し。
なのにララ本人は、全然嬉(うれ)しそうじゃない。
迷惑と言わんばかりに顔を背けている。
「やだ。ララが逃げるから離さない」
ララの近くでそう言うと、ララはパッと頬を染める。
その反応は、どう考えたって僕を嫌がっているとは思えないのに、なのにララから出てくる言葉は…、
「は、離してくださいっ!!」
…何故か敬語。
僕は瞳から色を失くして、ララを離した。
襟首を離すと、ララは再び新聞の子の背に隠れる。
何だよ、僕が何したっていうんだよ。
学園長室でのことなら、謝ったろ…。
ジッと瞳でララを捉えると、ララはパッと視線を逸らした。
あの婚約パーティーが終わってから、気がついた時にはこんなことになっていた。

僕としては、仲良くなったと思っていたのに、会えばすぐこれ。
その子の背に隠れて、僕と関わらないようにしている。
…別に、いいんだけど。
僕はそう心で呟きながらも、みんなの前で言う。
「ララ、今日僕とデートね」
すると周りから、ぇぇっ!!と驚異の声。
…ほら、他のみんなは羨むように声を上げてくれるのに。
目の前のララだけは、そうじゃない。
「ぇぇ…」
新聞の子と瞳を合わせて、思い切り眉を垂らしている。
そんなララを見ると、何故か無性にイライラした。
だから、みんなの前へ引っ張り出す。
断ることが出来ないように。
ララを悪者にさせてしまう。
何故か、みんなが僕の味方をしてくれるから。
「じゃ、放課後楽しみにしてるから」
僕はNOは受け取らない。
そう言って、得意のニッコリ笑顔で教室へと足を向ける。
眉を垂らしたララの表情に、心の中が不安定になってしまうのは、気がつかないふりをして。

1時間目の間中、しとしとと雨が降り注いでいた。
雨はキライ。

心の中の鉄格子みたいで、素直になれなくて、閉じ込められる気分になってしまうから。
僕は教室から、灰色の空を見つめていた。
窓に教室内の電気が反射するくらい、外は暗い。
ふ、と。
見下ろした１階渡り廊下。
体育館から出てきたララを見つける。
隣を歩く誰かに、ニコニコと明るい笑顔を見せて、楽しそうに歩いていた。
そんな姿を、僕は横目で見つめる。
僕の前ではあんな風には笑わないのに…。
夏の体操服がまだ少し大きめで、ますます体を小さく見せている。
僕がジッと見ていると、それに気がついたのかララがふと視線を上げた。
「！」
お互いふいをつかれて、驚いて視線を逸らす。
僕はパッと教室の中へと顔を向け、もうララの方へは振り向かなかった。
何か、何かおかしい。
何で僕、こんなにララに固執してるんだろ…。

少し早めに体育が終わり、あたしは果依と一緒に1階の渡り廊下を歩いていた。
「桜來(らぁ)、何で咲人くんを避けてるの？　前までストーカーしてたくらいなのに」
果依は、今朝の騒動を見て、また同じことを言う。
「好きなんじゃないの？　咲人くんのこと」
果依の言葉に、あたしは首を振った。
「あたしはただ、咲人くんに笑っていてほしかっただけ。もうすっかり前みたいに笑ってくれるから、あたしはそれでいいんだよ」
足元に視線を落としながら返事をする。
すると、果依は小さく言った。
「じゃぁ、きっと。咲人くんが桜來のことを好きなんだね。最近凄いじゃん？　デートのお誘いばっか」
果依に視線を向けると、果依は頭の後ろで腕を組んで、ニシシと笑っている。
「そ、そんなんじゃないよ!!　ただ、咲人くん、あたしをからかってるだけ！　それだけ！」
大声でそう言うと、果依はにっこりと笑って言った。
「でも、桜來、嫌な気はしないんでしょ？　いいじゃない。行ってみたら？」
「……」
あたしはジッと言葉は馳(は)せずに果依を見つめる。
今の自分の気持ちを言葉にしようと、心の中で言葉を探し

た。
「──…」
でもなかなかぴったりな言葉が見つからない…。

空はどんよりと重い。
少しだけ冷たい雨が世界を覆っている。
霧状の雫が、風に吹かれて渡り廊下まで靡(なび)いてきていた。
「よ、桜來！」
黙っていたあたしの後ろから、そんな声をかけられる。
振り向くと、そこには爽やかな笑顔を見せる人。
外部受験で入学してきた、幼馴染(おさななじみ)の知ちゃんこと、知明(ともあき)。
あたしと果依の間に立って、ニコニコと人懐っこい笑顔を見せている。
「果依ちゃん、また桜來を苛(いじ)めてたでしょ」
緩い笑顔を見せている知ちゃんは、そう言って頭の後ろで手を組んで果依を見た。
「や、まさか。ていうか何でわざわざ真ん中に立つのよ」
果依は何故か知ちゃんに冷たい。
あたしは、まぁまぁと笑って言った。
「ま、そんなことはどうでもいいとして。桜來、何で佐伯原にそんなに遠慮してるの？　昔までは"嫌なもんは嫌〜!!"って傷つくくらい言ってたじゃん」
「───…！」
何げなく視線を上げたあたしは瞬間、教室の咲人くんと目

が合ったような気がして、パッと顔を動かした。
「な、桜來？」
そんなあたしには気づかずに、知ちゃんの真っ直ぐな瞳があたしを映す。
「え…っ!?　う、うん…」
あたしは、とりあえず口角を上げ、横に立つ知ちゃんを見た。
知ちゃんは、「な？」とあたしに同意を求める。
知ちゃんは、小学校までの同級生。
爽やか笑顔の輝く、スポーツマンタイプ！
でも、笑顔は人一倍優しくて、柔らかそうな短めの髪は昔と同じ。
ずっと家が近くて、小さい頃から仲良くしてくれてはいたけど、同じ学校でこんな風に話をすることになかなか慣れない。
知ちゃんを見つめながらも、あたしの頭の中は今しがた映った咲人くんのことへ傾く。
最近やたらと咲人くんを見かける。
前までずっと、努力しないと見つからなくて、凄く苦労していたのに。
あたしはそんなことを考えながら、果依と知ちゃんの間を歩いていた。
「桜來、この男どうにかして」
迷惑極まりないと果依が目を据わらせている。

「もー、果依ちゃんてば、冗談通じないタイプ？」
何やら二人で話をしていたらしい。
そんな二人にあたしは意識を向ける。
「え…何？」
あたしが訊ねると、
「こらこら、桜來まで俺のことイジめる気ー？」
と、階段を上っていたあたしを、知ちゃんがどつく。
こんなところは昔から全然変わらない。
「…わっ!!」
だけど、これだけは分かってほしい。
知ちゃんは、十分体が大きくなったってことを。
「ッ!?」
あたしはよろけて、数段下にいる知ちゃんへと振り返った。
「もぉ！　知ちゃん！　昔みたいに押したら、桜來は転んじゃうでしょ!?」
キッと肩を上げて、知ちゃんに叫ぶ。

「知ちゃん？……"ララ"？」
すると後ろから、背筋がひんやりとするような冷めた声が聞こえてきた。
「！！」
あたしはその瞬間、ヒッと肩が上がった。
「……。」
恐る恐る振り返ると、そこにはニコニコと笑顔を見せてい

る咲人くんの姿。
あたしは、引き攣りながらもそれに応えるようにニコッと笑う。
ここは階段の中腹部。
あたしは咲人くんのいる２階の踊り場の方を見たまま、固まった。
「いや、えと。それは…」
何も悪いことはしていないのに、咲人くんと向き合うと、上手く呼吸が出来なくなる。
その黒い瞳に見つめられると、どうしていいか分からなくなって、俯いてしまう。
少しずつ大人になっていく咲人くんが、どんどんカッコ良くなっていってしまって、視線を合わせることさえも億劫なんだ。
あたしとなんか釣り合わないって分かっているから。
だから…あたしは──…。
「いや、えっと…俺が"知ちゃん"で…。」
何も言わないあたしに、後ろに立つ知ちゃんが気を使って発言しようとしてくれている。
振り向いて見なくても分かる。
知ちゃんのこの言い方は、少しだけ戸惑いつつも右手を頭の後ろに置いて、少し笑っている言い方。
その仕草の時は、何も考えずに発言する時。
あたしは、知ちゃんが変なことを言わないことを願った。

「俺は…「あたしの彼氏なの。そして桜來の幼馴染。桜來がキューピッドなんだー」
「———!!!」
いきなり果依がそう言った。
(……へ…?)
あたしが驚いて果依へと振り向いた瞬間、知ちゃんも目を見開いて果依を見る。
「…へ…?」
知ちゃんが、キョトンとして果依に言った。
「———…ちょ、話合わせなさいよ！　アンタも！」
果依がこしょっとそう言うと、後ろで知ちゃんの背中を摘(つま)んだらしい。
「ッ!!…そ、そう！　俺、果依ちゃんの彼氏です」
「そ、そう。みたい…」
あたしも曖昧(あいまい)にそう言う。
何でこんな嘘をつかないといけないのか、あたしにはよく分からないが、果依がそう言うので仕方なく付き合う。
すると、そんなあたし達を見た咲人くんは、小さく言った。
「じゃあ。今日の放課後、君達も一緒にどう？　僕、ララとデートするんだけど」
その言葉にあたしはポカンと咲人くんを見上げる。
咲人くんは相変わらず、ニコニコと可愛い笑顔を見せていた。
「そ、それもいいわね！」

それに返事をしたのは、焦った顔をした果依だった。
(うそ————っ)

制服に着替えながら、果依は顔をしかめていた。
「咄嗟についた嘘とはいえ、しまったなぁ。今日、どうしよう…」
体操服を脱ぎながら、果依はぽそりとそう言った。
「もう断れないじゃんっ！　それに知ちゃんまで巻き込んじゃって…」
あたしは不安顔いっぱいで果依を見る。
あたしも体操服を脱いで、ボサボサの頭になった。
「いや。あれはあのバカがかき交ぜようとしてるのが目に見えてたから、自業自得でしょ」
果依はさっきから、知ちゃんに厳しい。
「……」
別に知ちゃんは、かき交ぜようとなんてしてなかった。
…まぁ確かに。
あたしも不安とは思ったけど。
あたしは、少しだけ眉を落として果依を見た。
すると、果依はあたしの表情を見て、さっくり言う。
「よし。今日はあたしと知明くんは都合が悪いことにしよう。桜來、それを咲人くんに伝えてね」
着替えた体操服を畳みながら、果依はさらっとそう言った。
「へっ!?」

ボタンをかけていたあたしは驚いて果依に叫ぶ。
「そ、それじゃぁあたし、咲人くんとデートしなきゃなんなくなっちゃうよ!?」
他にも着替えている子がいるので、あたしはヒソヒソ声で言う。
すると果依は、今までにないくらいニッコリと笑ってあたしに言った。
「どーせ今回は、もう断るなんて出来ないでしょ？ 素直になりゃいいじゃん。桜來は咲人くんを好きなんだって」
そう言って、気を利かせているようだけど、あたし自身本当に分からない。
あたしは、咲人くんのこと、本当に好きなのかな？
そりゃ、笑っていてほしいとは思うけど。
これが恋なのかな…？
あたしはジッとロッカーを見つめたまま、機械的に手を動かしてボタンをかけていた。
あたしの中にあるこの想いは、恋心と呼んでいいような、甘いものではない気がする。
だからと言って、苦味のある、甘酸っぱい感覚でもない。
声をかけてもらって嬉しいはずなのに、心の底から「やったぁ」って喜べない。
…何でなんだろう…。
ただ、凄く思うことが"不釣り合い"であるということ。
あたしと咲人くん、全然釣り合ってなんかないんだよ。

――だから、離れたいのかな？
喜べないのかな？
みんな、絶対「似合ってないよ」って思うに決まってるから…？
それに――…。
今の段階じゃ、あたしは咲人くんの単なるおもちゃだもん。
本気じゃないってみんな思ってるから、咲人くんがあたしにちょっかいを出したってみんな何も言わない。
それが分かっているから素直に喜べない。
そうなのかな…？

「お待たせ、ララ」
玄関口で待っていたあたしに、咲人くんが、笑顔でそう言った。
ドキン
見せる笑顔に、いちいちときめく。
高校生になって、少し大人っぽくなった制服が、二人ともまだ真新しい。
あたしなんて、制服だけが大人っぽくて、やっぱりこれも似合ってない。
自分でもそう思うから、あたしは咲人くんと向き合いたくないのかもしれない。
久しぶりに見る咲人くんの可愛い笑顔。
そんな咲人くんに、こんなことを言うのは心苦しいけれど

……。
「あのね、実は…」
あたしは視線を足元に向けたまま、小さく口を開いた。
果依と知ちゃんのこと…、ちゃんと言わなきゃ。
それにあたしも──…。
やっぱりデートなんて出来ないよ…。
言おうとしたあたしに被せるように咲人くんは言葉を馳せた。
「ごめんね？ 急に誘ったりして」
朝より、うんと優しい。
あたしに見せてくれる横顔が、朝よりずっとずっと優しくて、あたしはふいにときめく。
「──…ッ!!」
「来て、くれないかと思ってた」
そう言って、あたしの方を向き、少しだけ力ない笑顔で微笑んだ。
…きゅんっ。
すっかり咲人くんのペースに乗せられたような気がする。
そんな笑顔を見せられちゃうと、行かない。なんて言えない。
あたしは火照る顔を、前髪で隠すように俯きながら、果依達のことを伝えた。
「あの、実は、それで…。果依、…達、都合が悪いみたいで今日来られないんだ」

あたしが小さくそう言うと、咲人くんは言う。
「うん。いいよ？　どうせ付き合ってるって嘘でしょ？」
その発言にあたしはハッと顔が上がる。
すると、咲人くんはニコッと目尻を落として笑った。
「ララの幼馴染ってのも、嘘でしょ？」
目尻にしわを見せる、可愛い笑顔。
その笑顔に翻弄(ほんろう)されてしまう。
あたしは赤らむ顔でその笑顔を見つめ、惚けてしまっていた。
「や、う、嘘じゃっ…」
あたしはハッと気がついて、咲人くんに訂正しようとした。
すると、咲人くんは「はいはい」と言って玄関のドアを開ける。
あたしの言葉なんて、てんで聞いてない。
「ちょっと買い物に付き合ってほしいんだ。ララ、傘持ってる？」
咲人くんは少し大人びた顔でこちらを振り返り、そう言った。
あたしはそのペースに巻き込まれて、頷(うなず)く。
「う、うん。持ってるよ」
ピンクのドットプリントの傘。
あたしはそれを咲人くんに見せる。
すると咲人くんは笑って言った。
「じゃ、入れて」

……へっ!?

かなりの近距離を、咲人くんが歩いている。
それに、加えて……。
「ねぇ、ララ。何でそんなに離れて歩くの?」
同じ傘の下を歩いているなんて!
「へっ!?」
あたしはビクッと肩を揺らして、咲人くんを見た。
咲人くんのことだから、迎えの車とか用意していて、相合傘といってもアーケードから校門までの数メートルを歩くだけだと思っていた。
だからあたしはOKしたのに!
なのに今、駅に向かって歩いている。
何やら今日は、街に行くだとか…?
あたしはそろっと、隣を歩く咲人くんを見つめた。
確実に咲人くんは背が伸びている。
あたしが傘を差していたら、きっと頭を叩いてしまっていただろう。
咲人くんが傘を差してくれていて、あたしは少しだけ離れて歩いた。
やっぱり凄くドキドキする。
でもこれが、咲人くんを"好き"の証になるのかな…?
あたしは少しだけ咲人くんに近づいた。
さっきまで雨の雫が落ちてきていた腕が、少し冷たい。

トクントクン…と、胸の鼓動は穏やかに心の奥で刻まれていた。

学校でもそうだけど街に出ると、ソレはますます甚だしいな。
沢山の視線が咲人くんに向けられている。
こんなに注目されて、咲人くんは疲れないのかな……。
アーケードの下を颯爽(さっそう)と歩く咲人くんの姿。
生憎(あいにく)の雨模様も気にしないというように、咲人くんはスタスタと人込みの中を抜けていた。
それに小走りでついていくあたし。
沢山の視線も追ってくる。
サラッと靡く髪が綺麗で、その一つ一つの行動に視線を奪われてしまう。
恋をするなら、きっと咲人くんみたいな人がいい。
いつだってドキドキと、恋してやまない鼓動でいたい。
でも…。
逆に、求めたくなる"安心感"って、咲人くんに望んでいいのかな？
たとえどんなに安心させる言葉を紡がれたって、不安で不安で仕方なくなってしまうかもしれない。
そんなことばかりが、最近頭の中を過ぎる。
だから、咲人くんからのお誘いに、素直に喜べないのかな？

期待しちゃいけないって頭の中がセーブをかけているのかな…?
まぁ、こんな心配も、必要ないかもしれないんだけど…。
咲人くんを横に感じながら、あたしはそんなことを思っていた。

いつしか場所は高層デパート内。
咲人くんが、ふと思いついたように本屋さんへ寄る。
「なぁ、ララ」
物思いに耽っていたあたしに、咲人くんが言う。
「泊まるとしたら…どこがいいと思う?」
咲人くんがそんなことを言い出した。
「………え…?」
あたしは、使える限りの間を使って、小さく口を開けた。
咲人くんは真剣な顔でいる。
手には、数冊の高級ホテル・旅館の本。
咲人くんはそれをパラパラと眺めながら、あたしに問うていた。
「…え?」
あたしはさっきよりも大きな声で、もう一度首を傾げる。
聞き間違い? あたしの単なる聞き間違い?
"泊まるとしたら…"
「どこがいい?」
咲人くんは、今度はあたしの目を真っ直ぐ見てそう言った。

(と、泊ま…っ!?)
あたしは頬が赤くなりながら、数歩後ずさる。
「え、? えっ!?」
返事もしないあたしに、咲人くんが言った。
「じゃ、僕好みで決めるかな」
すっと、綺麗なまぶたを見せている。
その仕草でさえ、キレイすぎてあたしは目を離せない。
近くにいたお客さんも、そんな咲人くんをチラッと横目で見つめ、頬を染めていた。
固まりつつあるあたしに咲人くんは言う。
「せっかく。ララの意見も聞こうと思ったのに」
咲人くんは少しだけ眉を垂らして、残念だな、と可愛く肩を竦めた。
「…っ?、えっ…」
どうしていいか分からず、言葉さえもすんなり出てこない。
咲人くんはいきなり何を言い出すんだろう。
泊まる? ホテル? あたしの意見!?
ドギマギと視線を泳がせていたあたしを見て、咲人くんは言った。
「ま、しょうがないから旅行会社に聞いてみるかな。ネットで見ても、あんまりピンと来なくて」
咲人くんは後ろ頭を掻いて、小さくため息をつく。
何事もなさげな咲人くんに、あたしだけが固まっている。
「……」

咲人くんの真っ直ぐな瞳が、本棚からフロアの方へと移った。
「あ」
そして、そこで咲人くんが立ち止まる。
「…ん？　どうしたの…」
あたしが訊ねようとした瞬間、咲人くんはニコッと笑ってあたしの方を向いた。
「ほら。手。ララ、歩くの遅いから」
ニッコリと、目尻にしわを作る笑顔。
この笑顔は変わっていない。
むしろその効力は強くなっている。
その笑顔で、そんなことを言われると、手のひらを差し出されると、嫌なんて言えない。
「き、気づいてたの…？」
あたしが少しだけ小走りになっていたということ。
ドキドキと鳴る鼓動を抑えながら、あたしは小さく訊ねる。
「まぁ…あんだけ必死に走られたら、ね」
咲人くんは変わらぬ笑顔でそう言った。
「———…っ」
その笑顔にあたしの胸はすぐときめく。
あたしは小さく俯きながら、トクトクと脈打つ心臓のままこちらに差し出してくれている咲人くんの手のひらに、自分の手のひらを重ねようとした。
その瞬間。

「あのー…」
本棚の前で立ち止まっていたあたしに、後ろから男の人が声をかけてきた。
「っ!!」
あたしは驚いてそちらを向く。
「すみません、通してもらってもいいですか？」
どうやら邪魔になっていたらしい。
「あっ!!　すみませんっ」
あたしは急いで場所を譲る。
すると、そんなあたしに咲人くんは小さくため息をついていた。
「…行こっか」
そう言って、再び優しく微笑んだ。
「───っ」
あたしがずっと望んでいた、可愛い笑顔。
この笑顔が戻ってきてくれるだけでいい、なんて言っていたのに、今じゃすっかり欲張りになりつつある。
ダメだって分かってるのに。
望んだってダメだって分かってるのに。
こんな風に傍にあると、期待したくなっちゃうんだよ。
その笑顔を、特別にあたしに向けてもらいたいって。
自分でも、自分の気持ちが分からない。
もっとほしいって思うのに、心底喜べない自分もいて……。
グルグルと理解し難い感情が自分の中をめぐっていた。

二度目は差し出してもらえなかった手のひらに、少しだけガッカリしながら、あたしは咲人くんの隣を歩く。
デパート内にある、旅行会社を二人で目指した。
「いらっしゃいませ」
丁寧な挨拶をする店員に迎えられ、あたし達はカウンターの窓口へと通された。
制服姿のあたし達を見て、少しだけ不思議そうな顔をしている他のお客さんに、店員さん。
接客をしてくれる目の前のお姉さんだけは、ニッコリと微笑んでくれていた。
「本日は、どういったご用件でしょうか？」
横に流している前髪が、大人っぽくて素敵。
あたしはほけ〜っとその人を見つめた。
「都内のホテルか旅館に２泊分予約したいんです。来週の平日月曜と火曜で、どちらかはキャンセルにさせてもらうことになると思います」
咲人くんの言葉に、あたしはギョッと顔を向ける。
２泊？
どちらかは、キャンセル？
てゆーか……平日…？
その申し出に、お姉さんはにっこりと笑った。
「畏まりました。ご予約は２名様でよろしいですか？」
カチャカチャとパソコンを触りながら、咲人くんに確認する。

咲人くんは「はい」と簡単に返事をした。
現状についていけないあたしは、真横にいる咲人くんを直視していた。
普段なら絶対出来ない。
こんな綺麗な横顔を、直視するなんて絶対出来ない。
でも、今はそれどころじゃない。
言っている意味が分からない。
あたしはお姉さんがパソコンをいじっているのを見て、咲人くんに訊ねようとした。
「──っ」
「ねぇ、ララ。泊まるとしたら、こっちとこっち、どっちがいいと思う？」
あたしの質問を遮って、咲人くんがあたしに問う。
「へ」
咲人くんが指差す場所を、あたしはついついつられて見つめた。
・・・は？
高級も高級。
普段なら予約さえも出来ない、会員制か皇室御用達系のホテルと旅館。
1泊●十万の超豪華スイート。
洋を選ぶか、和を取るか。
そんな対照的な部屋が並んでいる。
「僕一人で決めても、多分喜ばないと思うんだ」

咲人くんは言う。
あたしはもう、頭の中で上手く考えられなくなっていた。
ど、ど、どゆーこと!?
心底ドギマギしているくせに、あたしはその綺麗な写真に瞳を奪われて、恐る恐ると指差した。
「こ、こっち…」
「…よかった。僕もそっちにしようかと思ってた」
あたしが選んだ方を見て、咲人くんがにっこりと微笑む。
すると、お姉さんが言った。
「…あの。失礼ですが、保護者の方は……」
その言葉に咲人くんはあたしの方を向く。
「じゃ、あとは僕が手続きするから、ララは何か見てきていいよ」
そう言って、あたしを解放した。
あたしはドキドキしながら、コクッと頷いて席を立った。
後ろの壁に、全国各地、津々浦々、それは世界までに及ぶ大量のパンフレットが並んでいる。
あたしはそれを手に取りながら、考えた。
来週の月曜か火曜、あたし…人生初のお泊まりしちゃうの?
い、いやいや!
だれも「あたしと」なんて言ってないよね!
うん!
あたしは自分にそう言い聞かせ、意識しないように努めた。

でも、目の前に広がる綺麗なホテル達が、全て色褪せて見える。
心の全てが、そんなことでいっぱいになりかけていた。

「では、ご予約の確認をさせていただきます」
店員がカチャカチャと動かしていた手を止めた。
「6月16日月曜日と17日火曜日に、スイートのお部屋で2名様」
店員の女の人はパソコンの画面で確認しながら、僕に言う。
僕はそれを黙って聞いていた。
「佐伯原克穂様と村岡千亜稀様のご予約ですね。以上でお間違いはありませんか？」
その質問に僕は頷く。
「はい。よろしくお願いします」
「またのお越しをお待ちしております。ありがとうございました」
その深い一礼を見届けて、僕は席を立つ。
「ララ、帰ろう」
そう、これはお兄ちゃんへの誕生日プレゼント。
もうすぐ18歳になるお兄ちゃんへ。
今年は物よりも、こんなプレゼントがいいって言ってくれた。

こんなことを使ってララを呼び出すなんて、僕もまだまだかな。
そんなことを心で思って、フッと笑う。
パンフレットに見入っていたララがこちらを振り向いた。
「終わったの？」
ニコッと笑った顔が、やけに可愛く見える。
「うん。何か食べる？」
僕はララとカフェにでも入ろうと、声をかけた。

「千亜稀ちゃん！　それはあんまりですわっ」
大手デパートで、色々と物色していたあたしに、恋の伝道師マミヤが首を振る。
「え、…そ、そうかな…？」
あたしは少しだけ赤ら顔で、手に取ったソレを元の位置に戻した。
可愛い、と思ったんだけど…。
今日は、今度やってくる王子の誕生日プレゼントを探しに来ていた。
今、あたしが手に取ったのは、ムックとガチャピンの可愛いパンツ。
赤色と緑色の、顔がプリントされているものだった。
「…全くもって、何だか夫婦みたいな選択されますのね。

もしくは宴会向け」
マミヤちゃんの毒舌があたしに襲いかかる。
「え゛」
あたしは一切、ウケ狙(ねら)いでも夫婦アピールでも、どちらでもなかった。
ただ、純粋に可愛いと思って手に取っただけ。
「よかったですわ。あたくし、一緒についてきて」
マミヤちゃんは小さくため息をついている。
あたしは少し恥ずかしくなって顔を背けながら言葉を馳せた。
「ちょ、ちょっと冗談言っただけだよ〜？　まさか、あれを本当にあげようなんて…」
なんて言ってみる。
するとマミヤちゃんはあたしを見て言った。
「でも。あたくしがいなかったら確実に買われていましたよね？」
真顔でそんなことを聞く。
(う゛)
あたしは言葉が出なかった。

こうでもない、あーでもない。
これはいいけど、ちょっとデザインが気に食わない。
云々(うんぬん)かんぬん、何だかんだ、難癖をつけるあたしとマミヤちゃんはデパート内を徘徊(はいかい)する。

「隣にも行ってみます？　何かいいものがあるかも」
父の日フェスタになっているデパート内を見渡して、マミヤちゃんが提案した。
「うん、そうだね」
あたしは少しだけ疲れて返事をする。
そんなあたしを見たマミヤちゃんがナイスな提案をしてくれた。
「そういえば、新しいカフェがオープンしたって聞きましたわ。行ってみませんか？」
あたしはその言葉に、ガッツリ食いつく。
「行くっ!!」
ぴしっと手を挙げて、その提案に賛成した。
隣のビルに移り、すぐさまそのカフェに辿り着いた。
オープンしたてとあって、お客の数も多いが、美味しそうなスイーツの数も多い。
あたしは移り気を発揮しながら、あれもいい、これもいいと独り言を言っていた。
どうせだったら三つとも食べちゃう？
綺麗に拭かれたガラスに、べたべたと指紋を残す。
「千亜稀ちゃん…、ねぇ、千亜稀ちゃん」
そんなあたしの肩を、マミヤちゃんがトントンと叩く。
「もうちょっと悩ませて〜〜〜」
あたしはマミヤちゃんの方に顔を上げることなくそう言った。

席に着いてからでもいいんだけど、ある程度目星はつけて席に着きたい。
あたしは右左、上下とガラスの中を見つめる。
「千亜稀…ちゃん、ちょっと、ねぇ」
まだ肩を叩いているので、あたしは渋々顔を上げる。
「ん？　何？」
あたしが視線を上げると、マミヤちゃんはガラスケースの中をしかめっ面で見つめていた。
「何？」
あたしも一緒にガラスケースの中を見つめる。
置かれているスイーツは眼中外に置き、ガラス張りになっているケースの先を見た。
「───ッ!!」
あ、あれは…っ!!
黒いサラサラの髪、目尻にしわを作る笑い方。
優雅な仕草、可愛い笑顔。
まさしく、咲人くん!!!
見るからに、誰かと向かい合って座っている。
なのに、ソファー席に座っている相手は、置かれている植木鉢で顔が見えない。
「も、もしかして…」
「ええ、きっと前のあの子ですわ。可愛くて、少し千亜稀ちゃんに感じが似ていた」
そう言ったマミヤちゃんを、あたしは見上げる。

「は？」
あたしが自分の方を見ているとは知らずに、マミヤちゃんは言葉を続けた。
「きっと兄弟って好みが似てるのかもしれませんわね」
マミヤちゃんの真剣な横顔に、あたしは少し頬が熱くなる。
あたし、あの子にちょっと似てる、の？
それが兄弟の好み…？
そう言われると、気になってしまう。
この前は何も考えずに見ていただけだったので、今度はちゃんと意識して見ていたい。
似てるって言われると気になっちゃう。
周りから見たあたしって、どんな風に映ってるんだろう。
「あっ、千亜稀ちゃん！　マズイですわっ」
マミヤちゃんの掛け声にあたしは、パッとガラスケースから離れる。
二人で横走りして、お店横にあるスタッフルーム入り口への隙間に身を置いた。
マミヤちゃんの後ろに、あたしは隠れる。
「ご、ご馳走してもらって…よかったの？」
咲人くんと一緒に、前のあの子が店から出てきた。
「やっぱり！」
その子を見たマミヤちゃんは、何故かとっても嬉しそうにお腹の辺りでガッツポーズをした。
「ッッ!!!　うっ…」

そのガッツポーズが、あたしのみぞおちに入る。
「ご、ごめんなさいっ、千亜稀ちゃん！」
マミヤちゃんが慌ててこちらを振り向いたので、あたしは首を振りながらマミヤちゃんに前を見てと促した。
"お嬢様は力持ち肘打ち"は、思いのほか、重い。
あたしは痛みを堪えながら、目尻に涙を浮かべて咲人くん達を見る。
「だ…大丈夫…」
そう言って、二人のことを見つめた。
「うん。付き合ってもらっちゃったし。これでホテルの予約も出来たし。ありがとな」
サラサラの黒髪の下、目尻を落としてニコッと笑う。
それと同時に、ポンッと頬の染まるあの子。
「ほら。こういうところ、そっくりですわ」
そう言ったマミヤちゃんの声が、既に遠くの方で聞こえていた。
お腹の痛みも、もう遠い。
あたしは咲人くんの声だけを、頭の中で反芻する。
『ホテルの予約も出来たし』
確かにそう言った。
咲人くん、あの子とどこかに旅行行くの…？
もう、スイーツのことなど頭の中から消えている。
何故か既に保護者な気分。
王子、このこと…知ってるのかな…。

妙な胸騒ぎがした。

穏やかに流れていた生活に、嵐のような電撃を打ち込んでくれたあの二人は、今はイギリスでイチャイチャラブラブの新婚生活を送っている。
そして、今度こそ戻ってきた。
あたしと王子の優しい時間。
「ただいまー」
あたしは軽快にそう言って、寮のドアを開けた。
シーン…
王子はまだ、帰ってきていないらしい。
ってね。
なんちゃってね。
本当は知っていた。
今日で最後の弓道のお稽古(けいこ)。
そろそろ引退して、受験勉強に勤しむとか？
王子が勉強なんてしなくていいのは分かっている。
あたしに教えてくれるんだって♪
ルン♪と足並み軽快に、あたしは自分の部屋のドアノブを下げた。
あたしは自分の部屋に入って、今しがたゲットしたプレゼントを絶対バレない場所に隠す。
さすがの王子も、あたしの下着ダンスは触ったりしないだ

ろう。
あたしはタンスの奥にプレゼントを隠し、ムフフと笑った。
「遅かったな」
「ひっ!!!」
真後ろで聞こえたその声に、あたしは驚いて肩が上がった。
「え、い、いつ帰ったの…っ!?」
あたしはバクバクの心臓で、振り返って王子に問う。
すると王子は濡れた髪をタオルで拭きながら、素っ気なく言った。
「さっき。千亜稀の"ただいまー。ってね、なんちゃってね"は、風呂場で聞いてた」
真顔であたしに言ってくる。
もっとニコッとか、ヘッとか少しでもいいから表情に表して言ってくれないと、何だかあたしが心底バカみたいじゃない。
あたしはブッと唇を突き出して、王子を下から見つめ上げた。
「で？ 何やってんの？ そんな場所で」
王子はサラッと言う。
「へっ!? ま、まさか！ 何にも隠してないよっ!?」
あたしが慌てて後ろ手でタンスが閉まっているか確認すると王子はクスッと笑った。
「"新しいの買ってきただけ"って何で言えないかな？ 隠さないといけない何かを買ってきたんだ？」

王子が余裕そうに言う。
あたしはカッと目を見開いた。
「楽しみだなー。何だろ」
そう言って、王子は髪を拭きながらリビングの方へと歩いていく。
「……」
こちらに背を向けた王子に、あたしは放心する。
何で、何でそんなに意地悪なの!?
これじゃぁまるで、あたしが王子へのプレゼントここに隠していますって言ったみたいじゃない！
買ったことだって、隠していたかったのに!!
見つかるはずないって思ってたのに、見つかる前にバレちゃった。
あたしはガクンと肩を落とした。

「千亜稀、水取って」
すっかりお気楽モードに入った王子が、肩を落として冷蔵庫の前に立っていたあたしにそう呼びかける。
テーブルに足をのせて、お行儀が悪いこの坊ちゃん。
あんだけしっかりした躾(しつけ)の中で、どうやってこんなことを覚えたんだろう。
佐伯原家は謎(なぞ)ばかり。
あたしは王子に近づいて、「はいっ」とコップを渡した。
「サンキュ」

そう言って、無防備だったあたしにチュッとキスをする。
「っ!!!」
無防備全開だったあたしは、カッと目を見開いた。
油断も隙もあったもんじゃない。
気をつけていないと、すぐこうやって唇を奪われる。
別に、別にいいんだけど。
もっと可愛い顔の時にしてほしい！
あたしはボフッ！と勢いをつけて王子の隣に座った。
…それとも何!?
あたしには、可愛い顔の時なんてないって!?
やたら卑屈になって、あたしは一人プリプリと頬を膨らませていた。
その反動でソファーが沈む。
「んだよ。何でキレてんだよ」
そんなあたしの変化をいち早くキャッチしてくれる王子。
この速さには本当に脱帽する。
付き合って３年目。
高校３年生になってようやく、あたし達は穏やかな時間を過ごせるようになったんだ。
素直じゃなかった王子も、卒業。
エミリーやらピエやらも、帰英。ちなみに既婚。
そしてようやく、この場所で、こうやってのんびりとした時間を過ごせるようになった。
「別に、怒ってないやいっ」

あたしはコップを両手で持って、お茶を一口飲むと、「はーっ」と風呂上がりのビール的ため息をついた。
そんなあたしを真横で見て、王子はため息をつく。
「…ばばぁかよ。てか何だよ、"ないやい"って」
呆れ顔の王子も好き。
だからついついこんなおバカな真似(まね)をしちゃう。
…いや、普通におバカなんだけど。
あたしはコップで顔を隠しながら、上目遣いに王子を見た。
すると王子がテレビの方にため息を落として、あたしに言う。
「じゃ、今夜もヤるか」
王子がそう言って、ギッとソファーを鳴らした。
「！」
そう…あたし達。
今、毎晩ヤっていることがあるんです。
あたしは、少しだけため息をついてコップを置いた。
「うん…」
いや、ね？　その時間も好きなんだけど…もっと、他に時間を使えたら、もっといいと思うんだけど…。

「で。お前、同じクラスで何聞いてんだよ」
あたしの部屋で、先生になっている、…あたしの王子。
「同じ内容聞いてますっ、でも、克穂の方が聞いてる内容多いのかも…」

あたしは今度は教科書で顔を隠しながら王子に言った。
「…はぁ?」
呆れ顔を通り越して、王子がキレ顔になっている。
「…いえ、嘘です」
あたしは教科書を置いて、小さく謝った。
実は今、期末試験のお勉強。
毎晩のように、王子が勉強を見てくれる。
今年は受験生っていう、魔の1年。
本当はまだまだ余裕なんだけど、王子との誕生日を思い切り楽しみたいから、あたしは先にお勉強。
王子と並んで、こんな時間を過ごすことが、一番幸せ。
あたしは両手で頬杖をついて、隣にいる王子を見つめる。
茶色い髪、柔らかくって気持ちいいんだよなぁ。
肌なんてつるつるだし、まつげもクリンって上がってて…
薄い唇は…綺麗で、柔らか…いし…?
ッキャン!!
そんなことを思って、一人で手に顔を埋めるあたし。
そんなあたしを見て、王子は呆れた瞳を向けていた。
パタン
教科書を閉じる。
「やめ、やめやめ」
王子が椅子(いす)から立ち上がった。
「…へ?」
一人、妄想の世界に飛んでいたあたしは、席を立った王子

をポカンとした瞳で見つめる。
「やる気ないんなら、やめような」
王子は教科書類を片付けて、トントンと机の上で揃えた。
「えっ…」
その早い行動に、あたしは指からシャーペンが転がる。
それを拾って、王子は言った。
「じゃ」
冷たい視線が突き刺さる。
そのまま本当に、王子はあたしの部屋から出て行ってしまった。
(…マジ…?)
パタンと閉まったドアと、あたしは向き合う。
本当に、王子はこういうところは甘やかさない。
そんな厳しい面が、多分優秀な人格を作っていくのかな…?
あたしは、一人きりになった部屋で、寂しく教科書と見つめ合っていた。
やっぱり、さっきのはまずかったよね。
せっかく王子が時間を潰して教えてくれているのに…、一人違うこと考えちゃって。
あたしはそっと、席を立って、王子の部屋へ行こうとした。
「───…」
(ハッ!!!)
そこでようやく、あたしは気がつく。

今日、デパートで見た、…あのことを……伝えていない!!
「〜〜〜〜〜っ!!!」
バタンッ!!
あたしは勢いよく部屋を飛び出して、真正面にある王子の部屋を叩いた。
「か、克穂!! ちょっと開けてっ!!!」
ダンダンダン!
思い切り、王子の部屋をノックした。
ダンダンダン!!!
ガチャ…
「何」
王子は少しうんざりとした顔で、ドアを開ける。
しかも顔が半分見える程度。
あたしはそんな王子のうんざりさは気にも留めず、王子を手招きした。
「ちょ、ちょっと聞いてもらいたい話があって…」
あたしがゴクッと喉を動かしてそう言ったので、王子は軽くため息をついて、部屋から出てくれた。

「て、いうことなの!」
あたしはデパートで見た一部始終を、身振り手振り交えて王子に話す。
王子はとりあえず、ソファーに座って最後まで静かに聞いてくれた。

「ねぇ。いいの!?　咲人くんが外泊だよ!?　しかも付き合ってもない子と外泊なんだよ!?」
あたしは王子に向かってグッと顔を近づけて言う。
すると王子はあたしに言った。
「…いいんじゃない？　咲人が誰とナニしようとも。それにその子と付き合ってるのかもしれないし」
王子は"何の話かと思った"というような、興味なさげなため息を零し、くしゃっと髪を触る。
そんな王子の振る舞いに、あたしは一人ポカンと口を開けた。
「…気にならないの…？」
「何で気になるの？」
「…心配じゃないの？」
「何で俺らが心配するの？…咲人のことだろ？」
何故かその言葉が、酷く冷たい。
可愛い弟の、もしかしたら…貞操が…！
そんなことを考えるだけで、あたしはそわそわと落ち着かない。
手指を震わすあたしを横目で見て、王子は言った。
「…何か、姑(しゅうとめ)みてぇ」
その言葉が、ガツンと心に突き刺さった。
(…ガ——ン—ッ)

それから、悶々(もんもん)とした夜を過ごし、あたしはトボトボと学

校へ足を進める。
『何か、姑みてぇ』
王子の言葉が胸に刺さる。
姑？
あたしって鬼姑なの？
「おはよ〜」
「おはようございます」
あたしがますます俯き加減を強くしていると、見慣れた学校の朝の風景の中、見知らぬキラキラのお嬢様があたしの元に駆けてきた。
「あの！　千亜稀先輩！　お願いがあるんです!!」
マミヤちゃんに負けず劣らず、キラキラした瞳にクルクルの巻髪。
勝手にマミヤ２世と名づけてしまいたいくらい。
でも、違うのは…これ、全てが化粧の力のような気がすること…。
「は…、はい？」
あたしは少しだけ身を引いて、いきなり声をかけてきたその子を見た。
先輩？
ていうことは、この子、年下…？
どう見ても、明らかに同い年。もしくは、上級生。
でも、今３年のあたしには、上級生はあり得ない。
そして、その子はあたしのことを"先輩"と呼んだ。

「な、何でしょう…」
あたしはドキドキしながら、その子に訊ねた。
すると、その子はウルッウルと瞳を輝かせてあたしを見上げる。
「実は…っ」

ウルッと滲ませた瞳を、手のひらに埋めてその子は言葉を紡いだ。
その子の言った言葉はこうだった。
『実は今、同じクラスの男の子に恋をしていて…。でもどうしていいのか分からないんです。それで、その──…今日の放課後相談に乗っていただけませんか？』
という、何故かあたしに恋愛相談。

「何で、だと思う？」
あたしは、その後、教室まで猛ダッシュして、マミヤちゃんに訊ねた。
マミヤちゃんは椅子に座って、そんなあたしを横目で見つめ、キョトンと言った。
「さぁ…。千亜稀ちゃんに相談して、解決するとは…思えませんが…」
ガン！と重石を投げられる。
少しだけ遠慮がちに言ってくれているので、ますます虚しくなる。

するとマミヤちゃんの肩に手を置いて、充くんが現れた。
「なんか克穂絡みなんじゃねー？　ちーちゃんに近づく女って言ったら、それしかないでしょ」
「なっ…!!」
充くんの言葉に、ざっくり胸をえぐられて、あたしは口が四角く開いた。
いくら何でも、そんな言い方ってないと思う。
もっと、ちゃんと、オブラートに包んでくれたらいいのに。
「……」
あたしはブッと口をつぐんで、そんな失礼なことを言った充くんから視線を外した。
そんなにはっきりと、言わなくたっていいじゃない。
「──！」
すると、ぞわっと背筋が凍る。
この感覚を、振り向かなくても分かるあたしって…、凄い。
「だろーな。変なのに引っかかる奴だよな」
後ろから王子があたしの頭に腕をのせて、冷たくそう言った。
「何で先行った？」
あたしの頭頂部を掴んで、自分の方に向かせる。
この強引さは、だんだん力を強めていっている気がする。
くるんと王子の方を向かされて、あたしは小さく唇を尖(とが)らせた。
だって、昨日"姑"とか言うんだもん。

顔、合わせづらいじゃない。
ブッと不機嫌そうに王子の前で沈黙を貫いていると、王子があたしの顎を上げる。
「！」
グッと上を向かされて、あたしは王子を瞳に映す羽目になった。
キラキラの瞳、くるんとまつげ。
鼻筋は通っていて、唇は形も綺麗。
いつだって、ドキンと胸が鳴る。
王子の全てに、まだ、慣れない。
そっと視線を外そうと瞳を動かすと、王子は言った。
「明日から勝手に行ったら、お仕置きな」
そんなアブノーマルなことを言う。
「はっ!?」
あたしが大きく王子を見上げると、王子はうっすらとほくそ笑んだ。
「…お楽しみに」
楽しみなのは、王子じゃないか！
あたしじゃなくて、自分じゃないか!!
大声で言いたいのに、言えない。
すぐ、王子のペースに巻き込まれてしまう、可哀想なあたし。
「——お仕置きって、克穂が言うと"悪"だよな」
充くんがそう言うと、王子はチラッと冷たい視線を充くん

に投げかけた。
(…怖ッ!!!)

受験生の1日は早い。
「予習復習は当たり前、基礎問題は定着させておくように！」
あっと言う間に、金曜日も終わり。
先生の激励の言葉が飛び、クラスのみんなはガタガタと席を立ち始めた。
「帰ろ～」
「ばいばーい」
先生の言葉とは裏腹に、軽快な足取りでクラスメイト達は教室を出て行く。
雨模様は一時お休み。
今日は少しだけ晴れた1日で、眩しい夕陽が輝いている。
あたしは鞄の中を整理しながら、頭の中は呆然とうごうごしていた。
多分、余裕じゃないのってあたしだけ。
でも、今の一番はそれじゃない。
土日が来て、月曜日が終わったら王子の誕生日。
"18んなったら婚約しような"
ピエとエミリーの婚約パーティーの後、王子が言った言葉。
あたしは一度だって忘れていない。

王子、今でもそう思ってくれてるのかな…?
あたしの意識は、すぐ王子のことに飛んでしまう。
ひんやりと涼しい教室の中、みんなの声はまだガヤガヤと教室に散らばっていた。
「千亜稀ちゃん」
そんな中、マミヤちゃんが小さな声であたしを呼ぶ。
「…ん?」
あたしは、机の横に立っていたマミヤちゃんの方へと視線を上げた。
「来て、しまいましたわ」
お腹の位置で、グッと指を掛け合わせ、マミヤちゃんが俯いて言う。
「へ…?」
あたしは訳が分からず、キョトンとマミヤちゃんを見上げた。
マミヤちゃんはゆっくりと、視線は俯かせたまま廊下の方を指差す。
「!!」
あたしは、廊下を見て、ガッと眼球を押し出した。
だった!! そうだった!!
廊下に、今朝の、あの子が立っている。
あたしを見て、軽く会釈をした。
「ど、どうして…っ」
あたしは勢い余って椅子を蹴散らかせ、教室内を進む。

すると、その子は小さく俯いて、教室の中を黙視した。
ちらっと横目が、教室の中を映している。
「あの、千亜稀先輩、忘れてしまっているんじゃないかと思って」
その子は、今朝も十分ボリュームのあった髪の毛を、祭りにでも行くのか？ってくらいメイクアップしている。
もちろん、お顔も然り。
今朝よりも、マスカラが何十倍。
あたしはパチクリと瞬いて、その子と向き合った。
「や、ははっ。まさか…忘れてなんか」
ちょっと忘れていた。
あたしはそこから話題を逸らすかのように、その子に言った。
「…ど、どこで話す？」
（一体何を？）
自分に問いかける。
「相談、だったよね？」
（あたしがアドバイス？　出来るわけないじゃんっ）
心の中は、"うわーん"と顔をしかめている。
なのに、そう言えない。
「渡り廊下に出よっか」
あたしは仕方なくその子の話を聞くことにした。
「いえ。出来れば…教室、で」
廊下に出ようとするあたしに、その子は言う。

…何故？
隠していた後ろ手に、何やら思わしくないものが握られている気がする。
あたしはタラリと冷や汗が浮かんだ。
何か、やっぱり。
充くんの言った言葉は正しかったのかもしれない。
「…失礼します」
あたしがギュッと身を引いていると、その子は強引に教室に入ってくる。
「えっ!?」
あたしが戸惑っていると、カタンと席を立つ一人の男性。
物腰の柔らかい、学園の王子様。
王子があたし達の方へと歩いてきた。
その子の頬が、軽く染まる。
(やっぱり!!!!!!)
あたしは思い切り表情に出して、眉をひそめた。
「ほら、な」
あたしの席の近くで、充くんの声がする。
マミヤちゃんに向かって、そう言っているのだろう。
王子がゆっくりとあたし達の方へと近づいて…。
………。
…通り過ぎた。
(は？)
ロッカーの中から、体操服を取り出して、そして再び席へ

戻ろうとする。
決してこちらに瞳をやることはない。
あたしはその姿を、顔で追う。
王子が席に戻っていくのを、顔を向けて見つめた。
「あ、あの!」
すると、目の前に立っていたその子が大きく言う。
「わっ」
その大きな声に、あたしは驚いた。
「克穂先輩!」
その子の顔が、真っ赤になっている。
その声にも、王子は容赦なくシカト。
「あ、あのっ…?」
その子は、あたしなんか通り過ぎて（むしろ蹴飛ばすように振り払って）王子の元へ足を進める。
（何だこれ）
そんな粗末な待遇のあたしは、その子の姿を呆気に取られながら見つめた。
王子は、その子が自分の真後ろまで来て、ようやく少しだけ顔を向けた。
「…何」
その瞳は、全く色味がなく、怖いっていうにも程がある。
あたしの方が、生唾を呑み込んで、視線を逸らしたくなった。
「あ、あの! あたしっ、今1年の守永美空と申します!

ずっとずっと克穂先輩に憧れてて…それで、来週誕生日だとお聞きして…、そのっ」
その姿を見て、その子は一生懸命、背伸びをしているんだろうとあたしは思った。
王子に近づきたくて、まだ幼い自分を大人っぽく見せたくて。
だから、髪の毛だって、お化粧だって、…一生懸命なんだろうな…。
何だか、純粋に王子のことを好きなんだろうと、遠目から見つめてしまう。
ヤキモチとか、不快感とか一切なく、この時のあたしは何故かそんなことを思った。
すると、王子はその言葉を聞いて、にっこりと微笑む。
その子も、背中越しにホッとしたのが分かった。
王子の綺麗な唇が、ゆっくりと開く。
その仕草に、ドキドキしてしまう。
あたしは握った拳を、胸の前に置いた。
「真正面から渡してくれたら、受け取ったんだけどね」
さっきまで微笑んでいた王子が、再び表情を無にした。
スッと冷たい視線が、その子に突き刺さった。
「っ」
その子は言葉を失う。
ついでにあたしも言葉を失った。
ポカーンと開いた口から、魂が抜けてしまいそう。

王子の言っている意味を、理解しているようであたしは理解出来ていない。
「ま、受け取ることはなくても呼び出しに行ってはいたかも。…千亜稀を使うことがなかったら」
だんだんと近づいてくる王子が、あたしの肩を抱き寄せる。
「！」
あたしがピクッと肩を揺らすと、王子はあたしを引き寄せて言った。
「悪いけど、コイツ使う奴、男も女も許さないから。分かった？」
その子の顔から、サッと色味が消える。
血の気が引いて、こめかみに青い筋が浮き上がっているようだった。
「っっ」
その子は、バッと顔を隠してバタバタと教室から出て行く。
遠くの方で、充くんが「ピュ〜」っと口笛を吹くのが分かった。
周りにいたクラスメイトも、そんな王子を期待の混じった瞳で見つめていた。
それに、きちんと反応出来ていないのは、当事者（？）のあたし。
「…は…」
王子に肩を抱き寄せられたまま、あたしは惚ける。
「…お前、馬鹿じゃねーの？　誰が千亜稀に相談なんてす

んだよ」
王子はパッとあたしの肩から手を離し、嘲笑(ちょうしょう)してそう言った。
「…は…?」
失礼極まりない言葉があたしにぶつかる。
あたしはキッと眉間(みけん)に力を入れて、王子に噛みついた。
「そ、そんな言い方ってないでしょー!?!?!」

とは言っても。
やっぱり王子の言葉には、それ相応の力があって。
結局あの子の企(たくら)みは、王子にバースデープレゼントを渡すことだった。
「……」
寮のリビングで、ソファーに座っている王子を見る。
ソファーに浅く座って、足はまたまたテーブルの上。
どうしてこんなに行儀が悪いかな…。
あたしはそんな王子を黙視しながら、もちもちプリンのアイスバージョン、すなわち"もちもちアイス"を食べていた。(何て安易なネーミング)
「あー。そうそう」
そんなあたしを横に感じて、王子が口を開く。
「月曜日、外泊許可取ってるから」
サラッと王子が言う。

「へっ!?」
あたしは驚いて王子を見た。
すると王子は、ソファーに背をつけたまま、あたしを見る。
深く座っている王子は、今はあたしよりも低い位置に頭を置いていて、あたしを見上げる状態になっている。
王子の上目遣い、かなりヤラれる…っ!
あたしはキュッと頭を背けた。
すると王子は笑う。
「待て待て」
そう言って、あちらを向いているあたしの顔を自分の方に向けさせて、ほくそ笑んでいる。
あたしは不可抗力で振り向かされて、楽しそうに笑みを広げている王子と向き合うことになった。
「俺さ、あと3日で18じゃん?」
王子があたしに瞳を当てながら、そっと言う。
何で囁くかな!?
あたしは肩をビクビク上げながら、囁きに負けまいと、きつくまぶたを閉じていた。
「約束、覚えてる?」
耳に吐息が当たっている。
「!」
あたしは、ゾクゾクと甘い痺(しび)れが背筋に走った。
「ッッ」
ッコクコクコクッ!!

早く離れてほしいと激しく頷くあたしを見て、王子はフッと笑う。
「…よかった。覚えててくれて」
そう言って、パッとあたしを手放した。
あたしは王子の魔の手から解放されて、ホッと息をつく。
「ほー……。…って!!!」
ソファーに背をつけた瞬間、あたしは体を前にのめらせた。
「や、約束ぅ!?」
その言葉で、頭の中に巡るのは…
『18んなったら婚約しような』の言葉。
女の子は16歳から結婚出来る。
つまりすなわち、あたしはもう結婚出来る身にあるわけで。
ママとか泣いて喜びそうだし、パパも泣きはするだろうけど、NOとは言わないだろう。…もとい、王子が相手だとNOとは"言えない"だろう。
あたしはゴクッと喉を動かした。
すると王子は、再びあたしの耳元まで顔を寄せて、そっと囁く。
「そ。17歳最後の"夜"は、俺の好きにしていいって約束」
王子の影に、あたしはスッポリ捕まった。
は?
あたしは、瞬間、目が「＊」になった。
な、な、何を言ってますのん、このお人。
あたしが、赤くなりつつ目を「＊」にしていると、王子は

笑う。
「…っ、マジウケる、千亜稀の顔」
全ては王子の企てだったらしい。
はわはわと口を開けていたあたしを嘲笑して、王子が見る。
「〜〜〜っ」
あたしは火照る顔で、イィーッと奥歯を噛み締めて王子を睨んだ。
(くそっくそっ、くそぉぉぉっっ)
王子はそれでも、ククッと口元に手を置いて笑っている。
それならいっそ、「ははーっ!」って笑い飛ばしてもらった方がいいのに、何だか罠にハマったようであたしは奥歯が軋む。
(くそーくそーくそぉぉぉぉぉっ)
あたしが無念と眉を寄せてまぶたを落としていると、王子は言った。
「てことで、月曜日、夜空けとけよ」
そうして王子は、自分の部屋へと帰っていく。
「じゃ、おやすみ」
あたしは、そんな王子の移り変わりに、振り回していた拳を、胸の前で停止させた。
(…な、何だって…?)
全ては王子の企てだと思っていたのに、月曜日の宿泊は、本当のことだったらしい。
あたしはポカンと口を開いた。

そんな甘い夜（？）を過ごしていたあたしとは裏腹に、ベッドランプだけを灯して、部屋に寝転がる一つの影があった。
普段は可愛い顔した少年は、何かを思いながらベッドに寝転がっている。
ジッと手に持っている封筒を見つめて、頭の後ろで組んだ腕を枕にして。

何を想う、凍った恋。
動かざる関係に、一歩を踏み出したい。
上手くいかない、滞った恋心。
何を想う、何を願う。
少年は寝返りを打って、そっとランプの明かりを消した。

SF♥4
王子様の誕生日

今日は6月16日。
明日は、王子のバースデー。
一緒に食事して、一緒に街をぶらぶらして、部屋で一緒にまったり♪するのかと思っていた。

「えっ!? 今日は寮に帰らなイッ!?」
突然の王子の申し出に、あたしは思いっ切り眉をひそめた。
「…そ。もちろん千亜稀に拒否権はない」
そう言って、口元だけで笑みを広げるクソ王子。
今日だけじゃなく、いつだってあたしに拒否権なんてないじゃない。
結局王子の口車？に乗せられちゃって、いつも王子のやりたいままに…。
あたしは、思いっ切り「ゲッ」という表情をとってしまった。
「…へぇ。嫌なんだ？」
王子の冷たい横顔に、あたしはビクッと視線を逸らす。
「…嫌、なんだ？」

そんなに顔を近づけなくても、ちゃんと聞こえてます…。
あたしはますます顔を逸らして視線を避けると、王子の手のひらに捕まった。
「嫌だって？」
「いへっ！　嫌じゃないでふっ」
潰された頬で、あたしは即座に返事をした。
やっぱり、勝てない…。

そんな時間を過ごして、あたしはふと考える。
（あれ…？　"今日"どこかに泊まるの？）
今日はまだ、誕生日じゃないのに。
学校から猛ダッシュで帰ってきて、今、支度中。
久しぶりに、髪の毛を盛ったりなんかしてエアっぽくしてみる。
ギンガムチェックのワンピース。
何だかんだ言って、実はあたしも楽しみにしてたりする。
せっかくの王子の誕生日だし、…プレゼントも準備したしね。
ベッドの上に置いた、綺麗に包装されたプレゼントを横目に、お泊まりセットと題して鞄の中に潜めて行くつもり。
トントン
「まだ？」
王子の呼びかけにあたしは慌てて、返事をした。
「行けますッ!!」

鞄を、両手でしっかりと握り締め、イザ出陣！
ガチャ…
ドアを開けると、目の前に王子が立っていた。
(…ほわ…)
何でそんなにスタイルがいいんだろう。
灰色の細身のパンツ姿に、深い緑色のダメージポロシャツ。
ポロシャツの裏地には黒色のチェックプリントが入っていて、首元から少しだけ見えるのが素敵。
髪の毛はふんわりクセ付けしていて、そんなに素敵だとしっかり見つめられない…（注：しっかり見つめています）
あたしは瞳を奪われていた。
「…何」
それに気がついたのか、王子がジッと瞳で見つめる。
「やっ、何でもないっ」
あたしはそう言って、両手で持っていた鞄をもう一度握り締めた。
(…このプレゼント…気に入ってくれるかな…？)
ドキドキと心を打ち鳴らしながら、あたしは王子と一緒に寮を後にした。
珍しく、自分の誕生日事に、迎えの車をよこしている。
「お疲れ様です」
飯田(いいだ)さんがにっこりと微笑んで、あたし達を車の中へ誘導してくれた。
「こんばんは…」

あたしは挨拶をしながら、王子の後に続く。
もしかして今日、実家に帰る…とかなのかな？
王子の誕生日デートのはずなのに、計画を握っているのは王子本人。
あたし主催で明日の誕生日を繰り広げたかったのに、一足先に王子に手を打たれてしまった。
１日前の今日、動き出すなんて…ズルイ！
車で連れていかれた先は…。

「旅館!?」
あたしは驚いて車の窓にへばりついた。
少しだけ郊外にある、老舗の大旅館。
立派な杉の木が玄関先を飾っていて、見上げるだけで首が痛い。
「お待ちしておりました。佐伯原様」
この旅館の社長さんみたいな人を筆頭に旅館の経営陣が頭を下げて、出迎えてくれる。
「では。明日の朝７時半頃、お迎えに上がります」
飯田さんがそう言うと、白のリムジンは走り去った。
あたしはこの待遇に、やっぱり馴染めない。
「お部屋は、離れへ」
そう言って案内され、あたしと王子は温泉付きの洒落た離れの部屋へと案内された。
（…ほぇ…）

離れの中は、2階建ての構造になっていて、掛け軸のように夜空を映す窓。
木の芳(こう)ばしい香りで部屋の中は包まれていて、吹き抜けの天井がはるか遠い。
ガラス張りの窓で彩られるお風呂の外、露天風呂もあり、あたしは開いた口が塞(ふさ)がらなかった。
出来ることなら、平日じゃなくて休日にゆっくり泊まりたいと思ってしまう。
「お食事はこちらにお持ちいたします」
支配人がそう言うと、王子はドアを閉めた。
「……」
あたしは言葉が出ない。
「どうした?　置物みたいに固まってんなよ」
王子はそんなあたしの横をすり抜けて、ソファーへと鞄を置く。
旅館というか、綺麗なロッジというか、とにかく木の良い香りが立ち込めていた。
今、立っている玄関（？）の付近は、香り豊かなフローリング。
だけど、敷居を跨いで一つ奥の部屋に入ると、そこに畳の香りが広がっていた。
敷居を無視して、ロフト状になった吹き抜けの2階には、木製で出来た手すりがある。
（あそこは何があるんだろ…）

あたしは、王子から離れた場所に鞄を置いて、木製で出来た梯子状の階段を上がる。
その階段は、王子が鞄を置いたソファーのある部屋の奥。
簡単なキッチンがあって、(とは言ってもシステム)そこを通って上らないといけない。
テレビをつけた王子の目を盗み、あたしはその階段を上がった。
「わぁ…」
ロフトの上は、思ったよりも広いスペースになっていて、畳が敷かれている。
その上には、ふかふかのベッドが置いてあってここなら静かに眠れそう。
あたしは、階段を最後まで上りきる前に、それに瞳を奪われていた。
「いい場所だろ」
いつの間にか、王子が下にいる。
「ギャッ!!」
あたしは慌てて、振り返る。
かなり気を抜いていたので、もしかしたら…パパ…おパンツを見られてしまったかもしれないっ。
梯子状の階段に背をつけて、王子を見下ろす。
「い、いい場所だね!」
あたしはそう言って、そそくさと階段を下りようとした。
「!?」

それと同時に上ってくる王子。
あたしは、動くことが出来ずに戸惑う。
「ちょ、ちょっと!?」
王子はあたしに構うことなくズンズン上ってくるようだ。
「へ…?」
気がついた時には、王子があたしの前にいて、あたしを包むように階段を上っていた。
あたしは、上にも下にも動けない。
もちろん、右にも左にも。
「…どうして、ココ選んだと思う?」
フッと笑って言う顔が、…妖しい。
「…へ?　誕生日だから、でしょう?」
あたしがキョトンとそう答えると、
「ひゃっ!!」
スッと首筋にキスを落とした。
冷たい舌が首筋に当たるので、あたしはゾクッと背筋が笑う。
そんなあたしの声に、満足したのか王子が言った。
「…周りに迷惑かかんないようにね」
耳元でゾクリと這わす、王子の甘い声。
その意味を、あたし…どう理解したら…いいでしょうか…?
あたしは、そうやって妖しく微笑む王子を見て、ゴクッと喉を鳴らした。

「あー満腹っ」
あたしは、上機嫌でお腹を触る。
王子のさっきの言葉も鳴らされたチャイムで万事を休した。
女将さん達が料理を運んでくれて、そしてただ今平らげた。
それを見た王子が、呆れた顔で言う。
「…ホント、食い意地張りすぎ」
そう言って腕を組んでいる。
「むっ」
あたしは頬を膨らまして、ギュッと目を細めるように睨んだ。
「ほら、風呂入るぞ」
満腹状態でグダグダしたいのに、王子がそんなことを言う。
「えぇ〜〜〜〜」
あたしが大きくブーイングを伝えると、王子は言った。
「…全部終わってからゆっくりすればいーじゃん。グダグダしたら、どんどん風呂入るの遅くなるくせに」
「うっ」
あたしの性格をよく分かっている。
ついついゆっくりしすぎちゃって、朝風呂！とか…よくやってる。（そして遅刻する）
そんな王子の言葉に、あたしは渋々体を動かした。
「！」
あたしと一緒に、王子もお風呂場へやってくる。

「ちょ、ちょっと!?」
あたしが戸惑って王子を見ると、王子は言った。
「…今日、何の日だと思ってんの？」
その顔が、あまりにも当たり前と言っていて、あたしは言葉が出なかった。
(うそでしょー!!!)

カポーン
湯気立つ夜空に、丸い月が輝いている。
まさか一緒に入る羽目になるなんて思わなかった。
それならそうで、早めに言ってほしかった。
満腹のお腹は、引っ込められないくらい出ているし、寸胴だし…っ。
グッと奥歯を噛み締めて、あたしはバスタオルを掴んでいた。
「ほら」
そう言って、あたしの手のひらを掴む王子。
「ま、待っ…っ」
あたしは捲いたバスタオルをしっかりと掴んで、王子の手のひらに従う。
強引な王子に連れられて、あたしは一緒に、岩風呂になっている露天風呂場へと足を進めた。
初夏の夜。
風はまだ少し冷たいけれど、それがまた心地よい。

「ほら」
そう言って王子に導かれ、あたしは岩風呂の縁に腰掛けた。
ちゃぽん…と、足だけを入れてみる。
「気持ちいい…」
ふいに出た言葉に王子が微笑む。
ドキン――。
緩やかに照らす月明かりの下、王子の笑顔が綺麗で驚いた。
今、その瞬間が1枚の写真となったようにあたしの脳裏に焼きついた。
恥ずかしくなって視線を逸らす。
すると、王子が…。
バシャン!!!
「!?」
あたしの顔めがけて、お湯を飛ばした。
「…っ、もぉ～!!!」
もちろんそれから、少しだけお湯かけ合戦。
めちゃくちゃ大人びて感じる時もあれば、こうやってむちゃくちゃ子ども染みたことをする時もある。
お湯をかけ合って、笑って、そして――…。
最後には、王子の腕の中に捕まるんだ。

「…はーっ」
さっきの大戦争は、流し合いっこに変わり、綺麗になった体であたし達は湯船に浸かる。

何はともあれ、やっぱり極楽。
満腹のお腹に、月の綺麗な夜空で温泉。
体の芯からゆっくりと温めてくれる湯加減に、あたしはハーッと親父のようにため息を零した。
それを見た、水も滴る色気王子がそんな色気のないあたしを横目で見る。
「…別に、いいけど」
そう言って、前髪をかき上げて空を見上げるように瞳を閉じた。
その横顔は、月の光に照らされて凄く綺麗。
惚けてしまうのは、もう常。
ドキドキと高鳴る鼓動と一緒に、あたしも王子にならって、瞳を閉じた。
木々のざわめきと、少しだけ冷たい夜風が心地いい。
もしかして王子は、こんな風に二人の時間を過ごしたかったのかな？
普段の日常ってよりも、少し特別な休暇のようなひと時を…。
「っ!?」
そんなことを思いながら、瞳を閉じていたあたしの元。
王子が、冷たい唇を重ねていた。
驚いて目を見開いた時には、王子の綺麗なまぶたが見える。
この人は、人を安心させて無防備にさせるのが酷く上手い。
でも。

触れるだけのキス。
そっと、そっと重なり合った。
「っ…」
触れ合うだけのキスが、次第に甘く深くなっていく。
「───…っ」
熱くなっていく原因は何なのか、あたしは分からないふりをしたかった。
この温泉で温められている体のせいで、息が上がってしまうと思いたかった。
甘い甘い、王子の口づけに酔わされて、頭の中がぽわーっとなっているなんて、…恥ずかしくて思いたくない。
湯気立つ蒸気が、まるであたしの体から出ているかのような錯覚を起こしてしまいそう。
とろけるキスが甘すぎて、王子の触れる手のひらが熱すぎて、めろめろになりかける。
このままだと逆上(のぼ)せてしまいそうで、あたしは瞳がトロンとなっていた。

ザパーッ
そんなあたしに気がついたのか、王子があたしを抱き上げる。
水気を含んで重くなったバスタオル。
王子はそれごと抱き上げると、石の敷き詰められた露天風呂を抜け、部屋の中へと入る。

そこに置かれていたタオルで、わしゃわしゃとあたしの髪を拭いた。
「へ…？」
トロンとなって、機能していないあたしの瞳がようやくその状況を把握する。
「ほら」
そう言って、王子がバスローブを投げて、後ろを向く。
あたしはその姿を瞳に合わせて、ハッと今の状況を見た。
したしたと水の滴る重いバスタオルを、あたしはどうにか掴んでいた。
あたしは自分の濡れた肌を見て、バッと後ろを振り返った。
そそくさと、開けないようにバスローブに身を包む。
そっと振り返ると、既にバスローブに身を包んだ王子は、脱衣所からソファーのある部屋の方へと足を進めていた。
部屋の明かりは、オレンジ色の弱い光だけになっている。
掛け軸のような縦に長い窓から、綺麗な月と風で揺れる優しい木々が見えていた。
この風景を、十分に味わうことが出来るように、この部屋は構成されているようだ。
その月の光を、少しだけ見つめていると王子が言った。
「おいで。千亜稀」
振り返ると、ソファーに腰掛けた王子が、月の光に照らされている。
その声と、その瞳には、掴んで離さない力があるようだ。

グッと締め付けられる心臓と一緒に、あたしは王子の元へ行く。
今日で、17歳最後の王子。
明日からは一つ年を重ねた王子になるんだから。
そう思うと、今日という日を一緒に迎えられてよかったと思う。
最後の最後を一緒にいて、最初の最初を一緒にいる。
王子の隣に座ったあたしを、王子はそっと抱き締めた。
そしてキスを落とす。
「今夜は12時を越えるまで絶対離さない」
そう耳元で囁かれた。

甘い声が二人のリズムに刻まれる。
月の光だけを頼りに、二人の体は重なり合う。
何度も求めてしまう、その唇。
熱い吐息が零れていくと、胸の中が締め付けられる。
王子が触れたその場所は、とろけるように甘くなって、沢山の愛を増やしていく。
もうすぐで一つ年を重ねる。
その瞬間に、愛し合う。
王子はこれを求めていたのかな…？
あたしと繋(つな)がっていたいって、思ってくれていたのかな…？

そう思うと、胸が締め付けられて敵わない。
「も…ダメ…っ」
あたしは体を背けるように王子に言う。
「……今夜は離さないって言っただろ?」
そう言って、少しだけ余裕がないように王子の瞳が光を帯びる。
離れては、果てては、再び求め合う、二人の愛。
月夜の光、触れた唇。
甘くとろけるキスを交わしながら、あたしの大切なその人は一つ大人になった。
繋がったまま、あたしは王子にギュッと抱きつく。
「…お誕生日…、おめでとうっ」
くっついて、抱き締めあっていないと伝わらないような小さな声であたしは言った。
それと同時に、気持ちが溢れだしてしまう。
「…大好き、だよ」
そう言ったあたしに、王子は「!」と目を見開いた。
そして、そっと微笑んでくれる。
繋がっている部分が熱くなって、あたし達は再び甘い吐息を零し合う。
甘い甘い、そんな素敵な誕生日を迎えた。

気がつけば、二人とも生まれた時の恰好(かっこう)で、眠り込んでい

たらしい。
毛布に包まれて、王子の腕に抱き締められていたあたし。
ハッと気がつくと、少しだけ大人になってみえる王子がいる。
柔らかい髪をそっと触って、あたしは王子を愛しく見つめた。
「あっ…」
その時、あっと小さく声が漏れた。
だった。王子へのプレゼント…
あたしはそっと毛布から出て、散らばっていた小さめのバスローブに腕を通す。
そっと梯子階段を下りて、鞄の元へ…。
綺麗に包装してもらったプレゼントを持って、もう一度梯子階段を上った。
「…どうした？」
あたしが腕からすり抜けたので、王子を起こしてしまったらしい。
毛布にくるまった王子が、少しだけ顔を上げてあたしを見ていた。
「わわっ」
あたしは驚いて、少しだけ体を揺らす。
そのプレゼントを隠しながら、あたしはそそくさとロフトの上に座った。
「じ、実はね………っ、はいっ!!」

後ろ手で隠していたプレゼントをあたしは大きく差し出す。
それをギュッと顔元に押し付けられた王子は、少しだけ間を空けてそれを受け取った。
「…ありがとう」
そう言って、初めて出逢った時、瞳を奪われて仕方なかった、優しい笑顔を見せてくれる。
あの時のように、作った笑顔でもなく。
いつものように、意地悪そうな笑顔でもなく。
優しい、優しい、その笑顔。
何故かあたしは、きゅっ…と胸が締め付けられて涙が出そうだった。
洟(はな)をすするように目を逸らすあたしの頭を、王子は自分へ引き寄せる。
「！」
そして、もう一度キスをして優しく言ってくれた。
「…ありがとな」
そう言って、あたしをそのまま抱き締めて、体を倒す。
あたしはその力に従って、王子の胸の中、もう一度眠りについた。
プレゼントはもちろん。
ずっとずっとあげたいと思っていたもの。
王子、喜んでくれるかな？
そんなことを思いながら、王子の腕の中で眠る。
安らかな夜。

月の綺麗なこの夜に、王子は生まれた。
Happy Birthday.
生まれてきてくれてありがとう。
王子が生まれた日は、もしかしたら、しとしと雨が降っていたかもしれないけれど。
でも、それでも。
王子が生まれたこの日が、世界中の誰よりも幸せな日になりますように。
千亜稀より、愛を込めて。
…甘く甘い、王子様の誕生日。
そんな余韻を感じていた。

「おはよー！」
今日は月曜が明けた、火曜日。
日付は17日で、王子の誕生日。
今日はくもり時々晴れ。
梅雨の中休みと言った感じの空の下、あたしは王子と一緒に歩いていた。
18歳になる瞬間。
『18になるまで離さない』
王子は熱い瞳でそう言った。
王子が発した、熱を帯びたそんな言葉を、あたしは思い出す。

「っくぅっ」
ヤバイ、たまんない。
それに、よくよく考えたらその行為から6時間も経ってない。
旅館まで飯田さんが迎えに来てくれて、車で登校していた。
王子が言っていた"外泊許可"の意味は、何と自分で旅館を予約していたから、だった。
あたしはチラッと瞳だけ王子を見つめる。
王子の首元を探るように見つめた。
(…ある。…あった！　あたしがあげたプレゼント)
あたしはニッコリと顔が綻んだ。
ずーっと、ずっと。
何かあげたいと思っていた。
でも、それをあげる機会も、あげられるようなセンスも、あたしは持ち合わせていなかったわけで…。
ようやく今回、マミヤちゃんの協力で"ペンダント"をあげたんだ。
時計とか財布とか、そういうのがいいかなとも思ったんだけど、王子、凄くいい時計持ってるし…財布はお金入れていないし…。(カードだから)
だから、世界に一つだけのペンダント。
二つのリングが交わるデザインのペンダント。
王子には、きっとゴールドが似合うはず。
少しだけふんぱつして、イタリア語で文字を彫ってもらっ

た。
これならさすがに、王子も読めないもんね？
「ふへへっ」
あたしは王子を見上げたまま、隠し切れない笑顔が弾けた。
「…不気味」
それを、一言でぶった切る王子。
「なっ!?」
あたしはカッと目を見開いて、王子を見た。
あたしのキュートな笑顔に、"不気味"の三文字を当てますか!?
眉間にしわを寄せるあたしを見て、王子は言う。
「もう少し可愛らしい笑い方しろよ。…どこにいんだよ、"ふへへっ"って笑う女子高生」
王子はじとっと重たい視線をあたしに投げかけて、ふうっとあちら側にため息をついた。
「！！！」
せっかく。
せっかくラブラブな夜を過ごしたっていうのに、まさかまさか。
不細工…間違った、"不気味"なんて言われるなんて！
あたしは愛を彫ったんだよ？
大好きだって、愛してるって…
「"ずっと傍にいてね"だっけ？」
王子がすっとペンダントを持ち上げて言う。

「！？」
あたしはますます目を見開いた。
「可愛ーこと書いてくれんじゃん？　そんなこと言われたら俺、我慢出来ねーかも」
王子があたしの耳元で囁く。
ンボンッ！！！
王子の囁きに、脳内爆発を起こしたあたしは昨日のことを思い出す。
甘くて甘い、とろけた夜。
とろけちゃったんだよ？
愛の力で…。
あたしはそれを思い出して、ますます「ぬへヘッ」と女子高生らしからぬ笑みが浮かんだ。
「…馬鹿だ」
そんなあたしを、冷めた瞳で見ている王子がいるとも気づかずに、あたしは一人、ヘラヘラとそんな笑みを浮かべていた。

「さーて勉強だ、勉強だ」
あたしは机に座って、トントンと教科書を整えた。
…3年生なんだもん。
やりたくなくても、やらなくちゃ。
「千・亜・稀・ちゃんっ」
はぁとため息を零した瞬間、目の前にマミヤちゃんが姿を

現した。
「昨日はいかがでしたか？　あつぅぅぅつい夜はお過ごしになれました？」
マミヤちゃんの質問に、あたしは無条件で頬が火照る。
「…あらあら。それは素晴らしい夜になったようで」
マミヤちゃんは口元に綺麗な指を置いて、「おほほ」と笑った。
「ところで、あの秘密の暗号ペンダント、略して暗ペンはいかがでしたか？」
ニコニコと笑って、何故か略したプレゼントの評判を聞く。
「…それがね？　読まれちゃったんだよねー…、あの暗号。何でかな？」
あたしはシクシクと項垂れて返事をすると、マミヤちゃんは「まぁ」と目を見開いた。
「克穂ったら、イタリアに行かれた経験もあったのかしら」
と、天井に視線を当てた。
「でも」
それから少し考えて、マミヤちゃんがニッコリ笑う。
「よかったじゃないですか？　克穂、素直じゃないから何ともないフリしか出来ないと思いますが、絶対嬉しかったと思いますよ？」
マミヤちゃんの励ましに、あたしは少しだけ顔が上がる。
「そ、そうかな…？」
あたしがそう訊ねると、マミヤちゃんは言った。

「絶対ですわ。今頃絶対ほくそ笑んでますわ」
マミヤちゃんが胸の前で、両手にグッと力を入れた時だった。
「へぇ？　俺って素直じゃない、か」
王子の声が聞こえる。
「「！」」
あたしとマミヤちゃんはビクッと肩を跳ね上げた。
ついでに目も見開く。
いつの間にかあたしの隣の席に王子が座っている。
偉そうに長い脚を組んで、パラパラと文庫サイズの本をめくっていた。
「な、何でそこの席に…」
あたしは驚いて王子に問う。
マミヤちゃんは心底驚いたようで、いつも以上に瞳が大きく開いていた。
「1時間目の数学、抜き打ちテストだって」
王子はパラパラとめくっていた文庫本をパタンと閉じてこちらを向いた。
「ドンマイ、千亜稀」
そう言って、にっこり微笑む。
もちろん、意地悪な裏笑顔。
でもそんな腹立つ行動に、怒っていられない。
「そ、そんなぁ〜〜〜〜っ」
あたしはどこからか投げ石が飛んできて、額にクリティカ

ルヒットした気分。
クラクラと眩暈を催した。

(…追試だ…。クスン…)
やる前から結果は分かっていた。
まさかの、彼氏の誕生日に追試。
「追試対象者は視聴覚室に集合」
数学の先生に告げられた運命を、あたしは仕方なく聞き入れる。
「ち、千亜稀ちゃん…」
放課後、視聴覚室に向かおうとしていたあたしに、マミヤちゃんがやるせない声をかけてきた。
「…うん。…仕方ない、よね…」
今日、王子は尽く全ての王子信者のプレゼントを拒否していた。
優しく、丁寧に、だけどきっぱりとNO。
あたしはそれを見て、嬉しかった。
今日はケーキを焼いて、寮の部屋でお祝いしようと思っていた。
今年は二人で過ごしたいって、王子がお母様に言ってくれたのに…。
なのに。
「グスン」
あたしは鼻を鳴らしながら、みんなが帰る背を見送る。

泣く泣くあたしは視聴覚室へ直行。
「じゃ、誕生日の夜、"楽しみに"待ってるから」
あたしが教室を出ようとした瞬間、後ろからそんな声をかけられた。
「！」
その声は、もちろん王子。
恐る恐る振り返ると…
「ほんと、俺って幸せ」と意地悪極まりない笑顔を向けている。
あたしがグッと涙を呑むのを見て、王子はふいっと前を向いた。
スタスタと自分の席へ歩いていく。
(あ、あたしの大馬鹿ヤロォォ〜〜〜ッ！！)
あたしは自分を戒めて、ギュッと教室から飛び出した。

追試対象者は、隣のクラスの人を入れて全部で９名。
パラパラとみんな離れた席に座っている。
あたしはすでに着席している七人の人を見ながら、おずおずと教室に入ろうとした。
「早く入れよ」
教室の前でもたもたしているあたしに、後ろからそんな声をかけられる。
「！」
あたしはその声に、恐る恐る振り返った。

この声は…。
柔らかそうなひよこっ毛。
だるそうな顔、少しだけ上がった目尻。
それは…、
「新地(しんち)!!」
あたしにそんな失礼なことを言ったのは、新地だった。
あたしは驚いて声を上げる。
去年、サッカー部の集まりだとかの時に放浪していたあたしを拾ってくれた。
それ以来、話をする機会がなくて、こうやって顔を合わせたのは久々だった。
「…新地、ゆーな。もう俺はお前を千亜稀、なんて呼んでいない」
友達気分で話しかけたあたしに、新地は冷たいことを言う。
「……」
そ、っか。そうだよね。
高校1年の秋を思い出した。
あたしってば、凄い無神経…。
シュンと顔を俯かせると新地が言う。
「バーカ。俺がいつまでも引きずってるなんて思うなよ」
ふんっと冷たい視線を当てて、スタスタと教室の中に入っていった。
その背中をあたしはポカンとして見つめる。
(…何？…アレ…)

やっぱり新地は新地だった。
冷たかった。
無愛想だった。
ぶつくさだった。
……このやろー!!!
あたしは、自分の中にあった鬱憤を新地にぶつける。
追試はテストと同じ問題。
マミヤちゃんにしっかり仕込まれたあたしは、全問きちんと書くことが出来た。
「はい、やめー」
気怠い声の先生に、あたし達はコトンとシャーペンを手放す。
やっと、やっと帰れる。
あたしはハーッと安堵のため息をついた。
「おい」
筆箱を持って、席を立とうとすると、後ろからそんな声をかけられた。
「ん？」
振り向くと、そこには新地の姿。
「………」
あたしはキョトンと新地を見つめた。
「………」
新地も、自分からあたしに声をかけたくせに、何も言わな

い。
ただ、そこに立って少しだけ視線を逸らしている。
「……何でもねーわ」
ポツリとそれだけ言って、スタスタと視聴覚室から出て行った。
そんな背中を見送って、あたしはポカンと佇む。
(…何だ、あれ…)

やっぱり新地は新地だった。
訳が分からない。
少しだけ心の宿題を残したまま、あたしは寮へと帰ることになる。
鞄を片手に、トボトボと寮へと続く蛇行道を歩いている時だった。
「待ってくださいっ」
寮から出てきた女の子が、閉まったドアに再びすがる。
「?」
その服装は、乙女川の制服ではなくて、他校の制服だ。
あたしはその人の背中を見つめて、小さく立ち止まっていた。
今、出て行ったら…、今、その子に見つかってしまったら、何だかめんどくさいことになってしまう気がする。
寮に入れてくれってせがまれそうな気がする。
きっと今、寮の管理人の手によって、追い払われたところ

なのだろう。
あたしは茂みに、そっと体を隠した。
「…そんな…」
グスッと涙を滴らせ、その子は茂みの傍(はた)を帰っていく。
あたしは半顔だけで、その子をジーーッと見据えた。
「……。」
ヤバイ。こらまた、マジで、可愛い。
透けるような肌に、サラサラの細い髪。
キラキラと天使の輪が出来ていて、線の細い女の子だった。
学年は…不詳。
あたしはその子の背中を見送って、茂みから出ようとした。
「ララ!」
その時、咲人くんの声が聞こえる。
咄嗟に、またしゃがみこむ。
「!!」
あたしは驚いて、茂みの中から学校の方へと振り返った。
アーケードから寮に向かってくるのは、この前のあの女の子。
マミヤちゃんがあたしに似てるって言った、咲人くんと外泊しようとしている(?)あの子だった。
茂みの中に隠れているあたしに、その子は気づいていない。
(…あれ? 咲人くんは…?)
声だけが聞こえるのに、咲人くんの姿がなく、あたしは茂みの中からキョロキョロと辺りを見渡した。

「ここー！」
咲人くんの声が上から聞こえる。
「？」
「？」
あたしもその子も、同時に顔を上げた。
「ララ！　今からそこ行くから、ちょっと待ってて！」
咲人くんは寮の部屋から呼びかけていたらしい。
「え…っ」
その子が返事をする前に、それだけ言って窓から姿を消す。
あたしは冷や汗が出た。
(しまった…。もうあたし、王子の誕生日、祝ってあげられないかもしれない…っ)
出るに出られなくなった茂みの中、あたしは身を隠してその二人の会話を聞く。…ことになってしまった。
その子は、そそくさと鞄の中から鏡を取り出して、身だしなみをチェックしている。
やっぱり。
この二人って付き合ってるんだ？
咲人くんが告白したのかな？
それともこの子から？
…ララってどんな字を書くんだろう。
あたしは一人、茂みの中でそんなことを思っていた。
「ララ！」
そうして、咲人くんが黒い大きな扉を開けて寮から出てく

る。
どうせなら寮のロビーで話をしてもらいたかった。
てゆーか。
そういえばあの時、咲人くんとこの子のラブシーンを、あたしは見てしまったんだった。
やっぱり咲人くんも、男の子、なんだよね…。
あたしは何故かガックリ首(こうべ)が垂れる。
「はぁ…」
自分が置かれている状況を忘れて、そんなことに思いを耽らせていた。
「やっぱり、その…。いけないよ…、こんなの」
ララという子が咲人くんに、何か封筒を渡している。
あたしは、茂みの中にますます体を隠して、葉の隙間からその様子を窺(うかが)った。
いけない、と拒否の色を示した少女がいる。
ダメってこと？　それともどこかに"行けない"？
咲人くんの手に、封筒をつき返す。
咲人くんはそれを黙って見つめていた。
「ごめんっ…」
少女は咲人くんを残して、寮へと走っていく。
あたしは見てしまった。
咲人くんを断るあの子の姿を。
やっぱり二人は付き合ってはいなかった。
付き合う前に、散ってしまったのだ——…。

咲人くんの、恋が！

あたしはボーッとしたまま、寮の部屋へと辿り着いた。
今日という日は、1日の間に色々とありすぎだ。
「…ただいまー…」
ボゥッと視線は動かさず、身についている日常の動作をこなしていた。
スタスタと廊下を歩いて、自分の部屋に入る。
ドサッ
鞄はベッドの上に投げ出して、あたしはベッドに腰掛けた。
ちょんちょんと足の指同士を触れ合わせてみる。
咲人くんでも、恋に破れることがあるんだ。
好きになった人に、好きになってもらうなんて、…本当に凄いことなんだよね。
咲人くんを好きだという人は他にもいっぱいいる。
なのに、咲人くんがほしいと思う人はあの子しかいない。
上手くいかない。
恋って本当に、上手くいかない！
あたしはそこまで考えて、ガバッとベッドに仰向けに寝転がった。
途中で視界に入ってきた机上。
「………！！！！」

襲ってくる現実。
そこには王子宛(あて)のバースデーカード。
あ、あた、あたし…っ!
王子に何にも準備していない〜〜〜〜っっっ!!!

バッターン!!
「熱っっ」
あたしはキッチンで大戦争を繰り広げていた。
王子には、無理を言ってお風呂に入ってもらっている。
あたしが半身浴をする時に使っているグッズを与え、
(「…アヒルなんてナニに使えってんだよ」) あたしはケーキを作成していた。
オーブンに入れれば、あとは焼き上がるのを待つだけ。
これでもあたし、ケーキ作りは勉強したんですから!
あたしは、卵とクリームチーズと小麦粉をミキサーに入れる。
もちろん生クリームも忘れずに。
あたしの十八番(おはこ)、クリームチーズケーキ。
マミヤちゃんから習った、一番失敗の少ない、しかも味のいいケーキだ。
甘さ控えめで、王子も多分食べられるはず。
生クリームやチョコレートでのデコレーションは、王子は好まない。
甘いのは食べられるみたいだけど、あんまり好きじゃない

みたい。
昔、お母様に大量に味見させられていたから、とか？
もちもちプリンは好きなくせに…。
あ、もちもちアイスも……。
あたしはそんなことを思いながら、王子へのケーキを作っていた。
「よっ！　と」
温めたオーブンに、型に入れたケーキを入れる。
焼き上がりまで50分。
さぁ、王子と何していよう？
「50分もあれば、何だって出来るよな？」
「──！」
いつの間にか現れた王子の口元がエロと化している。
「い、いやいや！　出来ない出来ない」
あたしは王子と目を合わせないように視線を避け、顔の前でパタパタと手を振った。
何故か既に壁に追い込まれている。
王子はというとお風呂上りの滴った髪と、片方の肩にだけかけているバスタオル。
何げに前髪が上がった状態であたしをコーナーに追い込んでいるので、目のやり場に困ってしまう。
（か、かっこ良すぎだろ!!）
くぅ～っと視線を避けるあたしに、意地悪そうに瞳を据える王子が視界の隅に入ってくる。

あたしはますます首を避けて、王子の腕で囲まれているこの体勢をどうにか打破しようと目論んだ。
(…そだっ！)
「とりゃっ!!」
あたしは王子の脇腹(わきばら)に一直線。
両手で王子の脇腹を触った。
「っ!!」
そうなんですよ、この王子。
脇腹が苦手だって知ってましたとも、あたくし。
「どけどけどけどけけいっ！　じゃないとっ目玉をほじくるぞっ！」
「っ！　何の歌詞だよ、馬鹿」
ガシッ
王子があたしの腕を掴んだ。
そしてうっすらと不機嫌そうな視線を投げてくる。
「——ッ！」
あたしは瞬時に血の気が引く。
「わっ!?」
その瞬間には、王子があたしの両手首を掴んでいた。
…もちろん王子は片手で。
あたしの両手は、王子の左手にしっかり握り締められて、頭上へ。
壁に押し付けられている。
「…いいよなー、こういう体勢。…燃えるっていうか」

うっすらと口角を上げる顔が、サディズム星の住人になっている。
あだ名をつけるのであれば、…サディー。
「千亜稀って、わざとだろ？　俺に苛めてほしくて」
なんて恐ろしいことを言ってくれている。
「ば、バッカじゃないの!?」
あたしは驚いて王子に本気でそう言った。
…言ってしまった…。

「っあッ」
あたしが咄嗟に口をつぐんだ努力も虚しく、王子は（サディーが）色味のない瞳であたしを見る。
「…へぇ？　そういうこと言うんだ？　彼氏の誕生日に追試とか受けた人が、ねぇ？」
（うぅっ）
「言ってしまえばケーキだって、今焼いて。その間に風呂なんか入れさせられて？…酷いよなー、俺の彼女」
王子が抑揚なく言った。
（ううっっ）
そうだ。
並べてしまえば、そうなんだ。
何て酷いことをしているんだろう。
せっかくの、せっかくの王子の誕生日なのに！
あたしははわはわと眉を垂らして、目の前にいる王子を見

た。
…もちろん、上げさせられた両手はそのままで。

「はい、あーん」
何と、王子がそんなことを言っている。
「……あー…ん…」
それに気乗りのしない、あたし。
あたしは軽く俯いて、小さく口を開けた。
「…おい。ちゃんと食えよ。俺の誕生日祝いだろ？」
どうしてこんなことになったのかと、シクシクと項垂れているあたしに、サディーが言う。
フォークに突き刺された、あたしが焼いたケーキ。
形は陥没した火口のようになっているけれど、味は保証する。
それを何故か、王子があたしに食べさせようとしていた。
そう、それは何故かと言うと…。

—5分前—
酷い彼女と言われてしまったあたしが、シュンと肩を落としていると、そっと悪魔の囁きが聞こえた。
『今日は俺の誕生日だろ？　こんな首輪もしっかりつけてる』
あたしがあげたペンダントを指にかけて、王子が言う。

『く、首…っ!?』
あたしは驚いて、王子を見た。
首輪ってあんた、…何プレイだよ…
そう。そう思ったのが運の尽きだった。
王子は何故か、あたしを飼うと言い出した。
『じゃ、今日は俺の誕生日だから、千亜稀を俺の好きなようにしていい』
飼うというよりも、好きに動かす、というご様子。
『はぁ!?』
あたしは驚いて、大きく口を開けた。
すると王子は、ニッとサディーの笑顔で言う。
『分かった？　分かったら"はい"って言えよ』

結局、語尾は命令口調。
それで何故か、あたしは今、王子からケーキを食べさせてもらっている。
「はむっ」
あたしはシクシクと項垂れながら、王子が差し出すフォークを咥(くわ)えた。
「…美味(うま)い？」
ニコッと意地悪な笑みが広がる。
隣に座ったソファーの席で、王子があたしに食べさせていた。
「…う、うん…」

あたしは恐る恐る頷く。
もしかして、味見（毒味）させてる、とか…？
せっかくあたしが、王子のために焼いたのに…。
クリームチーズケーキからは、甘い香り。
見た目は悪いけど、味は保証付き。
あげたプレゼントは、王子の首筋で輝いていて、…あ。
…あぁ!!!
あたしまだ、バースデーカードを渡していないっっ!!
踏んだり蹴ったりの企画倒れだ。
どうしてこうも、あたしってサプライズとか驚かすとか、上手に出来ないんだろう…。
バタバタして部屋を出てきたため、あたしはバースデーカードを机の上に置き去りにしてしまっていた。
それを思い出して再びシクシクと顔を項垂れさせる。
「何、飲み物？」
王子があたしに、グラスを差し出す。
そこにはストローが刺さっていた。
（ん？）
あたしは片目でそれを確認して、小さく固まる。
何、これ。…何のつもり？
「ほら」
王子は、子どもにお手間をかけるような表情で、スッとまぶたを見せてあたしに言う。
ストローを摘んで、あたしが飲みやすいように、こちらに

突き出してくれていた。
「う、うん…」
あたしはおずおずとそのストローを咥える。
チュー…っ
「それは飲まない」
「！？」
あたしは口の中にオレンジジュースを含んで、王子の言葉に「！」と喉の動きをストップさせた。
「それ、俺のだから」
王子が言う。
"はぁ？"
あたしはこう言いたい。でも言えない。
ゴクンッ
「っ！　どゆことっ!?」
あたしは口を拭って、王子を見た。
すると王子が、ブッと不快な顔をする。
瞳に力のない、ジッと睨むような目付きである。
「ダメ。もう一度」
そう言って、王子はストローを差し出す。
「はぁ!?」
あたしはそれを避けるように、体を引いた。
すると、王子はプイッと顔を逸らして、王子自身がストローでジュースを飲んだ。
珍しく、王子が。

オレンジジュースを飲んでいる。
グイッ!
それを見届けたのと同時に、王子があたしの腕を引く。
「っ!」
あたしは、首から上がワンテンポ遅れて王子の力に従った。
「!!」
そしてぶつかる、あたしの唇。
「…っ」
冷たい感覚が、口の中に広がった。
それは…甘い…、
ゴクン…
「…口移し。…してみたかったんだよね」
王子はそう言って、ニッコリと笑う。
…………は?
あたしは、少しだけお汁の垂れた口元を拭って、王子を見つめた。
この男…、何、言ってんの…?
とうとう…壊れた…?
王子の陰謀は、いや、サディズム星人サディーの陰謀は、これが余興であったらしい。
あのジュースを飲まされたことで、くらっと眩暈を催すような気がする。
あたしは、ボーッとなった瞳で王子を見た。
もしかして…このジュース…?

「媚薬なんて入ってねーよ？　酒でもない」
「へ？」
体の火照り始めていたあたしは、王子の言葉に意表をつかれる。
「別にそんな薬に頼らなくても、千亜稀はイイもんな」
フッと口元で笑って、王子が言う。
「っっっ!!!」
その発言に、あたしは眉がいきり立つ。
ど、ど、どうしてこの男は、こんな恥ずかし〜〜〜〜い発言を顔を赤らめることもなく、ぬけぬけしゃあしゃあと言いのけてくれるんだ!!
あたしはカ───ッと赤らんだ顔で、王子を睨んだ。
トンッ
「！？」
それと同時に王子に押される。
「…へ…？」
そしてソファーになぎ倒し。
あたしの上に王子が跨った。
…Why？
今でもまだ、苦手な英語が飛び出した。
王子のやることなすこと、全て予想外でかなり困る。
目の前、真上にいる王子がフッと口角を上げて微笑んだ。
「いただきます」
ニコッと首を傾げてあたしに言う。

「え、え…?」
あたしも一緒に首を傾げて王子に微笑みかけた。
「ってちょ——————!!!」
王子の手のひらがいきなり北上。(しかも服の中で)
甘い余韻の波がいきなり押し寄せてくる。
「…ちょっと襲われてる感がいいんだろ」
って!!
耳元でイタズラっぽく微笑んで、王子が言う。
「ち、ちがっ…アッ…」
って!!
ちょっと待ってよ、自分!
そんな甘い声出さんでもいいからッ!!
あたしは必死に口をつぐんでも、エロティカルハンド…エロティカルゴッドハンドサディーの陰謀には、抗うことは出来ないらしい。
「…ンンッ…」
いつしか甘い声に変わってく。
王子があたしを見つめる瞳。
少しだけ大人になった、18歳の誕生日。
18歳になった王子に、初めて抱かれる甘い夜。
甘く甘い余韻の波が、あたしの中に押し寄せる。
幸せに満ちた、甘い甘い感覚。
いつまでも、王子の傍にいられると願っていた。
…思っていた。

SF♥5
咲人、16歳の恋

(イテテ…)
今日の腰を押さえて起き上がる。
エロサディーのせいで、いつも腰痛持ちになってしまう。
「あのサディーめ…」
あたしはベッドから起きて、制服に腕を通す。
ピンポーン
「？」
今は、朝の7時半。
来客にしては、かなり早い。
カチャ
隣の部屋から王子が廊下に出たのが分かった。
(…誰…？)
あたしもそっと、ドアの隙間からその状況を見守った。
「…はい…？」
王子は既に制服姿になっていて、髪の毛もぴしっとセットされている。
絵になる程、かっこいい。
まぁ…いつものことだけど。
あたしはシャツのボタンをかけながら、ドアの隙間からそ

の姿を見守っていた。
ガチャ
寮のドアが開くと、王子の体が揺れる。
ドン…ッ
あたしの方が驚いて、ギョッと顔を出した。
「お兄ちゃん…っ！」
！？
その声は、咲人くん。
朝っぱらから王子に抱きついている。
（ハッ!!）
あたしは昨日あった出来事を、今さらながらに思い出した。
そう、だった。
昨日は、エロサディーとか言って意識がおかしくなっていたけれど、咲人くんのフラれた現場を、あたしは目撃しているんだった！
シャツのボタンをかけ終わり、あたしはスカートを穿かなくてはならなくなった。
でも、今、この場から離れてしまうと、これからのことが見られない。
あたしはドアから離れないで、スカートが取れないものかと一生懸命手を伸ばした。
「どうした…!?　咲人」
王子もいきなりの訪問に驚いて、抱きついてきた咲人くんの顔を上げようとした。

「っっ」
顔だけはドアの間から廊下を見たままにして、一生懸命手を伸ばすが、スカートまで届かない。
あたしは、今度は足を上げて、届かぬものかと試してみた。
(このっ…！　とりゃっ…！)
ズッッ、キ————ッン!!!!
「!?!?!?!?!?」
ビリッと電気が、走った。
「……ッ」
あ…。
そして、あたしの世界がぐるりと回った。
バタ————ッン!!!

朝っぱらからいきなり、咲人が訪ねてきた。
「お兄ちゃん…っ！」
その勢いに負けそうになりながら、俺は咲人を受け止める。
「どうした…!?　咲人」
俺がそう言った瞬間…、
バタ————ッン!!!
気持ちいいまでの爆音が、廊下の先から聞こえた。
「……」
「……お姉ちゃん？」

「…多分」
やっと顔を上げた咲人が、少しだけこめかみに汗を浮かべてそう言ったので、俺もただ事ではないだろうと想像がつく。
どうしてこんなにも、何かをしでかす天才なのだろうか。
(ほんと、絶対真似出来ねーよ…)
俺は咲人を離して、千亜稀の部屋へと向かった。

普段しないことは、しない方がいい。
あたしはそれを体感したように思う。
「…い…イタタタ…っ」
腰の痛みは、まだ我慢が出来る。
でも…
今しがた起こった、この災難だけは痛みが半端ない。
思い切り振り上げた足の付け根、ビリッと電気が走って、その後は…覚えていない。
気がつけば床に寝転がる程の痛みが走って、今、起き上がれずにいる。
「……何だよ、これ」
「！」
のたうち回っていたあたしに、そんな高飛車な声がかけられた。

「お、王子…ッ」
あたしはその姿をかろうじて視界に映して、冷や汗をかきながら言う。
「王子？」
切羽詰まっている時のあたしから飛び出すこの発言に、咲人くんが王子を見上げる。
「俺のことらしい。……てことは余裕がねぇな」
咲人くんにそう答えを渡すと、すぐ王子があたしの元へしゃがんでくれた。
ガシッ
そしてあたしの一番イタイところを掴んでくれる。
「ギャ～～～～ッ!!!」
あたしが大きくビクついたので、王子は呆れ顔7割、焦った顔2割（他1割は読み解けない）の顔で咲人くんに言った。
「…一応、救急車」

ピーポーピーポーピーポー…
　　　　　　　　　　　　パーポーパーポー…
人生初めての救急車。
王子の18歳の誕生日を迎えた翌日、あたしは初めての体験をしてしまった。…いろんな意味で。
「外れてますねー…股関節（こかんせつ）」

救急隊員はサラリとそう言う。
「…そうですか」
一緒に乗ってくれた王子が、呆れたため息と一緒に小さく言った。
「すぐ、はめ込めるとは思いますが…」
そう言って、すぐ近くにあった病院へと搬送。
あたしは、タンカに寝かせられ、病院へ到着するのを待った。
恥ずかしくて…顔が上げられない…。
「………っ」

さっきの自分の醜態は、王子だけには晒したくなかった。
上はシャツを着て、下はパジャマ(しかもハーフパンツ)。
極めつけに、シャツのボタンはまさかの段違え。
『…馬鹿』
救急車が着くまでの間、王子にベッドに移されて、仰向けに寝ていたら、王子がそう言った。
そしてボタンを直してくれる。
『……ッッ』
その間も、恥ずかしくて何も言えなかった。
あたしって…あたしって…
何て馬鹿なの〜〜〜〜〜っ!!!

「はい。もうはめ込みましたからね。1日安静にすれば、

次第に良くなりますよ」
恐ろしい程に親切な看護師さんは、瞳に王子しか映していない。
「ありがとうございます」
王子は軽く頭を下げて、車椅子に乗せられたあたしを見た。
「だってよ。帰るぞ」
ツンと冷たい視線をあたしに刺す。
車椅子に乗る程のことでもないのに、王子が強制的に判断した。
『怪我が酷くならないための予防策だ』
そんなことを言う。
(ううっ)
あたしはさっきから、言葉が出ない。
「…で。何でこんなことになったわけ？」
王子の質問に答えることなく、黙秘を貫いていた。
「い、言えないっ」
まさか、咲人くんの色恋沙汰の全容を知っていて、それを盗み見するために制服を足で取ろうとして、それで股関節が外れたなんて、…口が裂けても言えない！
王子が怒っているのは、横顔だけでも分かるけど、あたしはそれでも黙秘することを心に誓った。
王子が、咲人くんを大切に思っていることは言われなくても分かるから、だからこの原因を言うことは出来ない。
「お疲れ様です」

王子用の車が病院の正面口のところに待機していて、飯田さんが軽く頭を下げた。
「千亜稀様のご容態はいかがですか？」
心配そうに王子に問う。
「頭のネジだけじゃ足らずに、股関節が外れたらしいよ」
王子は、嫌みたっぷりで飯田さんの顔を見ることなくそう言った。
「！！！」
あたしはムカッと奥歯が軋む。
「そ、それはそれは…」
どう見ても、飯田さんは王子の言葉を鵜呑みにしている。
「ち、違いますよ!?」
あたしが車椅子から必死に訴えると、飯田さんは「分かってますよ」とニコリと笑った。
そんなやり取りに必死になってしまった自分が、また恥ずかしくてあたしは小さく俯く。
「！？」
するといきなり、体が宙に浮いた。
「ひゃ…っ!?」
いきなりのことに、驚いて体を固めると王子が言う。
「ジタバタすんなよ、落とすから」
王子が後ろからあたしの脇に手を入れて、子どもを抱き上げるように持ち上げた。
「っと」

そうして、座席に座らせる。
「…重いな。ダイエット、してたんじゃなかったの?」
王子がドアの部分に手をかけて、車内を覗き込みながらそう言った。
フッと笑った表情がムカつくはずなのに、ドアに手を置いている姿が絵になっていて、あたしは意識が散漫になる。
「!!!」
あたしがカッと頬を赤らめると、王子も車に乗り込んで発車した。
「どちらまで?」
「寮までよろしく」
「え?」
王子が、学校ではなく、寮に帰ると言い出した。
「外れる程の馬鹿をした理由、言うまで俺も学校に行かない」
車の中で窓の外を見ながら頬杖をついている王子がそう言った。
「は?」
その発言にあたしは前のめる。
「いいじゃん! 別に大した…、大した…」
大したことではあるよね?…咲人くんのことだもん。
「大したこと、では…あるけど、怪我をした理由は大したことじゃないから!」
あたしは慌てて胸の前で手を振って王子に訴えた。

王子の眉がピクリと動く。
そしてゆっくりとあたしの方に体を動かした。
「…へぇ？　俺に隠し事しようって？」
ツンと冷たい瞳が怖い。
「べ、別にいいじゃん！　全てを把握してなくても！」
「馬鹿正直な千亜稀が隠し事するなんて許し難いだろ？」
「！？」
王子が俺様なことを言う。
「い、い、いいじゃないっ！　ちょっとくらいっ！」
あたしは近すぎる王子の顔から背けるように顔を動かして、強く言った。
王子の瞳があたしを捉えている。
徐々にあたしは、視線を向ける。
…やっぱり、この人には…勝てない気がする。
「…お前、覚えとけよ」
「──！」
王子の瞳が、魔界の力を帯びている。
あたしはゴクッと喉を鳴らした。

が、しかし。
学校に行かないということは、飯田さんが許さなかった。
「大奥様から、克穂様は必ず学校へ行かせるようにとの言いつけです」
学校の前で、飯田さんがそう言う。

ドアを開けての深い一礼は、多分王子にビビッているからであろう。
ピクッ、と不機嫌な魔界の王子はますます眉を怒らせた。
ゴクッ
あたしはそんな王子から視線を外す。
「…で。千亜稀は一人で部屋まで行けるわけ?」
おばあ様の言いつけには、素直に応じるのか（応じるしかないのか。…"王子"だけに←寒い）飯田さんの言葉に従う。
すると、飯田さんはピクリと肩を揺らした。
「?」
あたしはその"ピクリ"の意味が掴めない。
すると、まだ車から降りずにいた王子が、ゆらゆらと負のオーラを発した。
「まさか飯田。お前が千亜稀を部屋まで連れていくとか言うわけ?」
「へ!?」
王子のその言い方に、あたしは驚いて王子を見る。
飯田さんは済まなそうに肩を竦めた。
「〜〜〜大奥様の言いつけでっっ」
ますます申し訳なさそうに頭を下げる飯田さんが、あまりにも可哀想であたしは眉を垂らした。
「しょ、しょうがないよ！ おばあ様の言いつけなら、NOは言えないでしょ!?……ッ!!」

あたしはつい、王子の性格を考えずに、単純にそう言ってしまった。

アンビリーバボ…ッ

『………』
それから一言も発さなくなった王子が、一度もこちらを振り向くことなく学校へと歩いていった。
『が、頑張ってねー…？』
あたしは窓から小さくエールを送る。
それでも、王子の後ろ姿がこちらを振り向くことのないまま。
不機嫌オーラを全身から発しながら学校へと歩いていく。
『すみません…、千亜稀様』
飯田さんはますます済まなさそうにあたしに言った。
『い、いやいや』
あたしは精一杯の作り笑顔で飯田さんに言う。
ルームミラー越しに、お互い精一杯笑って、そして一緒にため息をついた。
『『はぁ…』』

それから。
飯田さんが一応ドアの前まで送ってくれて、あたしは車椅子に座ったまま一礼する。

「すみません。わざわざありがとうございますっ」
迷惑ばかりかけてしまっているので、居たたまれなくなってあたしは大きく頭を下げた。
「いいんですよ。克穂様の大切な彼女様ですから」
「!!」
そんな笑顔に、あたしの頬は染まる。
飯田さんは、そんなあたしを見てニコッと笑った。
「では」
そう言って、再び深い一礼をしてエレベーターに乗る。
あたしはそれを見送って、寮の鍵を開けた。
パタン
「はぁ…」
大袈裟に乗せられた車椅子から降りてみようと試みる。
松葉杖があれば、歩けるだろうし。
あたしはよろよろと使い慣れない松葉杖をついて、自分の部屋のドアを開けた。
(…車椅子は…、また後で片付ければいいっか)
少しだけ車椅子を見つめて、あたしは自分の部屋へと入る。
「はぁ～～」
いきなりドッと疲れが出てきた。
今朝、あんな馬鹿なこと、しなければよかった。
咲人くんの色恋を、何で聞こうなんて思ったかな。
ベッドにバフンと寝転がって、あたしはそんなことを考えた。

「…………———!!!」
そうだよ！　咲人くんの恋!!!
あたしはベッドの上で、イライラとジタバタと出来うる限りの"焦り"を表現する。
気になって、気になって仕方がないはずなのに、自分がやらかした苦行のせいで、それが後回しになっていた。
あの子、咲人くんとどういう関係だったの!?
てゆーか、今もドウイウ関係!?
あの封筒って、きっとラブレターだよね!?
…はれ？　でも二人ってキスしてなかった!?
抱き締めて…なかった？
てゆーか…そっか。
咲人くん、寝ちゃってたんだった。
咲人くんを担ぎ上げた王子のことを思い出す。
あたしも最初、宿泊学習の時に王子に担ぎ上げられたんだったよね。
乗り物酔いしたあたしを、木材のように担ぎ上げて…。
あの…鍛えられた背中を……その……ッ
「ぶふー!!!」
あたしは枕に顔を埋めるようにして、思い出し照れ笑いを吐き出した。
あーなんか懐かしいなー。
ってか！
咲人くん達も、宿泊学習行ったんだよね？

どんな感じだったんだろー!!!
あの綺麗なイルミネーションも見たのかな？
あたしは仰向けに寝転がりながら、胸の上で指を掛け合わせて、うっとりと1年の時のことを思い出していた。

あの馬鹿のすることは、マジで予測出来ない。
何で股関節が外れてんだよ。
俺はイライラと教室のドアを開けた。
ガラッ!!
「!　おっ!　佐伯原」
思い切り授業中で、先生が驚いた顔をしている。
俺も少しだけ気まずくなって、小さく会釈をした。
千亜稀と付き合うようになってから、随分キャラがギャグ化している気がする。
俺は敢えてシレッとした顔で席に着いた。
「克穂!　克穂!!」
すると、背中越しに奴らの声がする。
「……」
俺はイライラした心地のまま、横目でその声の方を向いた。
「ちーちゃん、どうだった!?」
「どうして股関節なんて外れたんですの!?」
うるさい虫がわらわらとそんなことを言っている。

すかし声がすかし声になっていない。
「…さぁ」
俺は冷たく一言言って前を向く。
「はぁ〜〜〜!?」
俺のそんな無愛想な返答に、充が首を傾げたのが分かった。

今朝、いきなり訪れた咲人もまた、千亜稀同様少しおかしかった。
『ちぇっ！ お兄ちゃんの誕生日、お祝い出来ないの我慢してたっていうのにさ！』
千亜稀が救急車に乗せられている間、咲人は頭の後ろで腕を組みながら唇を突き出した。
どうやら、俺の誕生日のお祝いのため、咲人は"わざわざ"朝に、部屋を訪ねてくれたようだ。
『…悪かったな』
俺は敢えて突っ込まず、咲人の頭をくしゃっと触って小さく言う。
『ぶー』っと、唇は突き出してはいるが、前の咲人ではない。
少しだけ大人になっていて、何か裏に隠し持っているかのようだった。
『…で。咲人の方はどうなの？ 上手くやってんの？』
俺は救急車に乗り込みながら、茶化すように咲人に言った。
『！！！！』
その瞬間、咲人の瞳が大きく見開く。

そして、パッと俺に視線を上げた。
『……何のこと?』
何もなかったかのように、キョトンと首を傾げている。
(…まぁ、いいけどね)
俺は口元で小さく微笑んで、咲人を見下ろした。
『何もないなら、別にいいんだ』
『閉めまーす!! 下がってください!!』
救急隊員の声で、咲人との間にドアが挟まり、俺は窓越しに咲人を見た。
咲人は気まずそうに視線を逸らしている。
そんな咲人が可愛くて、つい口元が緩んでしまう。
(俺に隠し事しようなんて、10年は早いよ)
そんな咲人から視線を逸らし、俺は千亜稀を見下ろした。

今日は朝から、散々だった。
いや、"散々"は昨日から。
『やっぱり、その…。いけないよ…、こんなの』
押し戻されて僕の手の中にある、封筒があった。
僕はララの言葉を思い出しながら、小さく封筒を持ち上げる。
「咲人くん!」
名前を呼ばれて、僕はゆっくりとその声の方を振り返った。

「…萌菜」
去年から、暇な時間を一緒に潰してくれる、良き理解者の先輩。
でも、今はこの声に呼ばれたいわけじゃなかった。
僕はあからさまにため息を落とした。
「もー！　あからさまにガッカリするのやめてよー!!」
それでも萌菜はニコニコと笑っている。
僕は、そんな萌菜に再び小さなため息を落とした。
「咲人くん、またそんな顔ばっかり。またお兄さん関係？」
上級生であることをいいことに、我が物顔でクラスへと入ってくる萌菜。
僕はそれをも無視するかのように、小さくため息をついて窓の方を見た。
「おーぃ！　桜來〜!!」
（！）
校庭で、前のあの男がララの名前を呼んでいる。
僕はそれを覗き込むように窓へと額をくっつけた。
ぎりぎり視界に入ってくるララの姿が、酷く慌てている。
バタバタと足を急がせて、そして怒っているかのように何かを言っていた。
その言葉が、萌菜の声で掻き消される。
「咲人くんのブラコン度数、少しは女の子に向ければいいのに」
僕はそんな萌菜の発言をも、無視した。

眉をひそめることでララの言葉を聴こうとしたが、その努力も藻屑と消えた。
「別にブラコンじゃないよ」
僕は諦めて萌菜にそう、返事をする。
別にもう、僕はお兄ちゃんっ子じゃない。
ちゃんと自分の足で、立っていける。
でもただ、今の状況はどうしていいのか分からないんだ。
何故か気になる。
あの子のこと。
いきなり踏み入ってきたのに、
落ち着く香りを彩らせて、僕の中に入ってきたのに。
『いけないよ』
僕から遠ざかろうとばかりしている。
窓の外から、ララの笑顔が弾ける。
雨と雨の切れ目、取り巻く雲の間に差し込める光。
僕にはそんな風に見えた。
「あら、あの子」
僕の見つめていた視線の先に気づいてか、萌菜が言う。
「…知ってるの？」
僕は素っ気なくそう訊ねた。
「知ってる、っていうか…。咲人くんの追っかけの一人じゃないの？」
キョトンとした顔で僕を見つめる。
僕は萌菜のその言葉に、萌菜以上にキョトンとした顔で見

つめ返した。

あたしの心の中に、ぽっかり穴が開いている。
『いけないよ…、こんなの』
まさかと思っていた。
咲人くんに渡されたのは、あの時一緒に連れていかれた旅行会社で受け取った券。
あたしが「いいなぁ」なんてうっかり言ってしまったあのホテルの券だった。
渡されたあの券を、あたしはどうしていいのか分からなかった。
『ララ！』
数日前、何げなく呼び止められた。
『！』
振り返ると、あの顔。
咲人くん。
廊下を歩く、面々があたしの顔をジロジロと見つめている。
あたしは居たたまれなくなって、ドギマギとしながら視線を落とした。
『これ！』
瞳の端から、咲人くんのキラキラの笑顔を感じ取る。
差し出されたのは、白い封筒。

あたしはそんなドギマギを胸に抱えながらも、その封筒を見つめた。
白くて上品な厚い封筒。
それをあたしは一応受け取って、恐る恐る裏を見た。
裏には金色の薔薇のシールが貼られていて、とにかくずっしりと重い。
『…何…？』
その封筒から咲人くんへと視線を上げて問うと、咲人くんはにこやかに口元を緩ませて微笑む。
『プレゼント』
そう言って、にっこりキラキラ笑顔。
あたしはますます『？』の色が濃くなって、その封筒を裏表、上下に眺めた。
『プレゼン…ト？』
『そう。この前、お兄ちゃんのプレゼントに付き合ってくれたお礼』
咲人くんがあたしに近づく。
あたしはその近づいた距離にビクッとして、隣に佇む果依へと体を近づけた。
『——…っ』
そんなあたしの行動に、ピクッと眉を動かせた咲人くんがいるなんて気づかない。
『そんな…。あたしは何にも…』
（そうだよ。"何にも"。咲人くんに強引に連れていかれた

だけだもん…)
『もらえないよ』
あたしは、その封筒を咲人くんに返した。
あたしは手を伸ばして、咲人くんにその封筒を差し出すが、咲人くんはそれを受け取ろうとしない。
『咲人くん？』
あたしは困って、伸ばしていた腕をもう一度大きく咲人くんに向けた。
端から見れば、あたしがラブレターを渡しているように見えるのではなかろうか。
その時、廊下の端からいただけない声がする。
『桜～來！　何やって…』
その声は…知ちゃん。
『佐伯原？』
あたしの伸ばしている腕の先を見て、知ちゃんがキョトンと言った。
『…何？…それ』
『えﾞ？』
多分、今この場にいた人の心の声を知ちゃんが代表で代弁したと思う。
周りからの視線が痛いのが、よく分かった。
『僕から、ララへプレゼントだけど』
あたしを見ていた知ちゃんに、咲人くんが冷たく言う。
その声色にも、あたしは驚いて咲人くんを見た。

周りのみんなも目を見開く。
『はぁ？』
その返事を聞いて、知ちゃんはますます訝しげに眉をしかめた。
咲人くんが、何故ララに構うの？とでもいうような不快な色を示していた。
『お前はこの子の彼氏なんだろ？　邪魔すんなよ』
咲人くんは果依を指差し、知ちゃんに聞こえるだけの声でそう言う。
『！！』
知ちゃんよりも先にあたしの頬がカッと染まってしまった。
それは嘘です、と言わんばかりに、あたしの耳が赤く染まる。
『…何言ってんの』
それでも怯まない知ちゃんが、咲人くんに言う。
いつの間にか、知ちゃんと咲人くんが睨み合う結果になっていた。
『ちょ、ちょっとヤバイんじゃない？』
それを黙って見ていた果依が、咲人くんの監視下から外れたあたしに言う。
『どうしていきなりこんなことになったの…!?』
あたしの方が困って、果依にぼやいた。
『あ、あたしが分かるわけないじゃん…っ』
そんなあたしに、果依は呆気に取られた顔をする。

『？』
あたしはそんな果依に、キョトンと瞳を向けた。
『桜來が佐伯原咲人に目ぇつけられてるからでしょ!?　あんたもしかして、千亜稀先輩第2号になったりするんじゃない!?』
ヒソヒソ声はMAXとなり、咲人くんがギロッと果依を一睨みした。
『！』
その視線を受け取った果依はグッと口をつぐむ。
あたしも一緒になって口をつぐんだ。
『とりあえず、よく分からないからまた休み時間に来い。なっ！』
何故か知ちゃんのお得意爽やかスマイルでその場を凌ぐこととなる。
『ちょっ…！』
グッと押される背中に、あたしは抵抗が出来ない。
咲人くんを残したまま、教室へ入ることになってしまった。
『ちょっとぉ!!　知ちゃん!!』
あたしは知ちゃんの大きな手のひらから逃れた後、急いで廊下にいるはずの咲人くんを見た。
『咲人く…っ！』
窓から慌てて顔を出したが、もうそこには咲人くんはいなかった。

咲人くんの一連の行動を、どう受け取っていいんだろう。
あの旅行券、まさか一緒に使うなんて…そんなことは言い出さないよね？
付き合ってもないんだし…。
てゆーか、好き、とかじゃないか。
咲人くんは言ったもん。
"お兄ちゃんのプレゼントに付き合ってくれたお礼"って。
あたしは膝を抱えるように座ったまま、校庭の砂を蹴って先生の説明を聞いていた。
でも…一番分からないのは、自分の気持ち。
咲人くんに対する感情が憧れなのか、単なる興味なのか…はたまた"好き"というものなのか実のところ分からない。
確かに夢見ているのは、王子様みたいな男性と恋をすること。
白馬…なんてそこまで夢見たことは言わないけれど、心からあたしを好きだって言ってくれる人がいいな。
あたしは体操座りのまま、膝に顎をくっつけ、青い空を見上げた。
もうすぐ夏…だし、一緒に海に行ったり美味しいもの食べに行ったり、たまには一緒に買い物とかもいいな。
感動する映画を一緒に観て共感し合ったり批評し合ったり。
そういうことがしたいと思う。
でもそれを、果たして咲人くんと出来るかというと…ちょっと無理な気がしてしまう。

綺麗な顔立ちすぎて毎日緊張の連続…、になりかねない。
憧れだったものが、去年余りにも近くになりすぎて、実のところ戸惑ってしまっていた。
笑顔が戻った咲人くんを嬉しいと思う反面、近づきすぎてしまったことで憧れを抱いていた心をどうしていいのか分からなくなった。
一時期、"これが恋"だとも思った。
触れた唇が熱すぎて立っていられないとも思った。
その時は熱に冒されて、咲人くんのことを好きだと思ったけれど…。
少し冷静になった今、自分の求める恋愛がそれに当てはまるのかは分からなかった。
綺麗すぎて、ダメになってしまう気がするんだ。
熱に冒されて、盲目的になってしまうようで。

「桜來！　男女混合！　ドッジボールだって！」
知ちゃんが言う。
「へ…」
あたしは急に立ち上がらされて、驚いて目を見張った。
「果依ちゃんと同じ班！　もちろん俺とも一緒」
知ちゃんの笑顔に、あたしは力なく笑顔を見せる。
もし、恋をするなら、どんな人がいいんだろう。
あたしはそんな、幼い感情で心がいっぱいになっていた。

SF♡6
謎の女、現る。

夕暮れの中、いつも瞳で追いかけていた。
その中心には、二つの色。
その姿が眩しくて、大好きで、仕方なかった。
どんなに大声で呼んでも、君は振り向いてはくれなくて…。
どんなに、どんなに呼ぼうとも…。

「……ふへへ……へへっ……」
　　　　パチンッ！
軽く頬を叩かれて、あたしは目が覚めた。
「んっ!?」
「…まさか、ずっと寝てたとか言う？」
「へっ!?」
目の前に、綺麗なお顔の王子がいた。
「……何で帰ってきたの？」
あたしはパチクリと目を瞬いて、王子に聞く。
数秒前から、何も変わっていない室内。
横になっていたあたしを覗き込むように王子が立っていた。
何故かこめかみに焦りの色を浮かべながら。

「……。何で、って。もう学校終わったけど」
！？
王子の言葉に、あたしは瞬きを忘れる。
「痛みは？」
言葉まで失ったあたしを軽く無視して、王子が足の方を見ながら口を開いた。
痛みはない。
眠った覚えもない。
あたしは、…あたしは。
咲人くんのことを考え直していたはずが、知らぬ間に１日を過ごしてしまっていたらしい。
…正確には、王子との昔話を思い返していた途中だったんだけど。
パチクリと目をしばたいて、あたしはそれでも言葉を発せずにいた。
すると王子があたしの顔の近くで綺麗な手のひらを広げる。
あたしはスローモーションで、その手のひらの行方を追った。
目の前で、グッと開かれる指達。
それがあたしの顔を包み込んだ。
　　　　もにゅっ
「！？」
潰された頬のまま、王子の顔があたしの顔に近づく。
瞳の中には、ゆらめくカーブが二つ。

そう……。
S！！！
「…じゃー、もう吐けるだろ？　何で外した？　しかも股関節なんて、そんなトコ」
「ッッッ」
ゆらっと、黒い光が見える。
「…で。飯田と触れ合ったなんて言わねぇよな？」
「！！！」
あたしは、勝手に浮かんできた涙を目尻に携えて、グッと口をつぐんだ。(押さえられてるからつぐむしかないけど)
もう、長きにわたってこの男と過ごしてきた。
ここがもう、年貢の納め時だということをあたしは悟った。
「(言いまふっ！　言いまふって!!)」
あたしはバンバンと手のひらでベッドの表面を叩き、ギブアップだと申告する。
バンバンとベッドが軋む音がしてようやく、王子はあたしの頬を解放してくれた。
「ちょ…どいて」
あたしはベッドの上に座ろうと、王子の手をパシッと払いのける。
王子の手のひらが、あたしから加えられた力であちらに動いた。
──ギラッ
「！」

…だなんて、そんな音は聞こえなかったけど、あたしは反射的に固唾を呑む。
王子に"邪魔"という言葉と同等のものを発してしまった。
しかも手のひら叩いちゃった。
………絶対…、殺される…。
あたしは頭を守るように腕で覆い、グッと俯いた。
「ご、ごめんなさいっ!!」
とりあえず、謝る。
「………で？　原因は？」
ガードしたあたしのことは丸っきり無視をして、王子が口を開いた。
「！」
必死に頭を守っていたあたしは、ふいをつかれて片目から目を開ける。
「……？──ッ!!」
王子がシラッと白けた瞳で、あたしを見ていた。
いつものようにしてやったり的な余裕の笑みはなく、ただジッとあたしを見ている。
ゴクッ
大きな音が鳴った。
た、た、大したこととは言ったけど…よくよく考えてみたらそんな…っ
あたしは震え上がりながら、必死で言葉を紡いだ。
スカートを取ろうとして、それを足で取ろうなんてことを

して、しかもそれがあなたの可愛い愛弟の色恋沙汰を盗み聞きするためだったなんて…
誰が…誰が…言えるというのでしょうか…っ!!

誰が言えるというのでしょうか！と心の中で叫びながら、あたしは今の要領で言葉を紡いだ。
その説明を聞いている王子の顔が、だんだんと力を失くしていっている。
そして最後には、小さく口を開けていた。…ポカンと。
(御役、御免ッ!!)
訳の分からない感情が爆発し、あたしは手のひらを頭の上で合わせて王子を拝む。
「………」
それでも、王子からの発言はない。
あたしはソロッと瞳だけで王子を見上げた。
「………一度、診てもらった方がいいんじゃねぇ？」
王子があたしから視線を逸らしながら、ポツリと呟く。
「へ…？　でももうはめ込んだって…」
あたしこそポカンとした顔で王子に言うと、王子はあたしの顔をチラッと見て口を開いた。
「脳、だよ、脳。千亜稀の脳みそ、飾りなんじゃねぇ？」
「…………っ」
王子の最後の一言に、あたしの中の何かが切れた。
——が。

緒が切れたのも虚しく、何故か今、王子に両こめかみを拳で挟まれている。
「…マジで一度、泣かしていい？」
「何でよ———ッ!?」
あたしは王子の手から逃れようと、必死で体を動かした。それでも容赦ない王子の拳が、あたしのこめかみにめり込んでいく。
「い、いた…っ」
あたしはもう、このまま脳を潰されてしまうんだろうと思った。(そんなまさか)
ううっと涙が滴り始めそうになった時、
ピンポーン
部屋のベルが鳴った。
「き、きゃ、客！　来客〜〜〜っ!!」
ピンポーン
あたしの必死の叫びに、心底イラついていたらしい王子様がやっと拳を離す。
「…っ」
チッと、王子が体を翻した。
(…助かったぁぁっっ)
パタンとあたしの部屋から王子は消えて、早10分強。
「………」
帰ってこない王子に、あたしはゆっくりと立ち上がった。
「…克穂〜…？」

そろっとドアを開けて廊下を見る。
「……」
そこには、誰もいない。
オレンジ色の電気が静かに廊下を映していた。
「…克穂？」
玄関先にあたしの靴があるだけで、王子の靴もなくなっていた。
(おーい…)

結局全ては上手くいかなくて、今日もまた僕はイラッとした気持ちで寮に帰る。
こんな気持ちになるくらいなら、ララのことなんて考えないようにすればいいだけなのに。
なのに今また、こんなことを思った自分はララのことを考えていることになる。
「……」
ム、と口をへの字に曲げ、僕は寮へと続く蛇行道を歩いていた。
「この方です」
寮の管理人の声が聞こえ、僕はふとそちらの方を見た。
「ありがとう」
そこにはお兄ちゃんの少し強張った顔と、管理人の顔。そ

して、その隣に乙女川ではない制服を着た女が立っていた。
僕はサッと茂みに体を隠す。
「困りますよ。無断で入ってこられたら」
お兄ちゃんの気怠い声が溶け、スタスタと蛇行道を歩いていく。
無断で入る…？
僕は頭の中で考えて、過ぎ去っていく女の姿を見た。
さらさらの柔らかそうな髪が背中の半分までを占め、歩くだけで風に靡いている。
どこか儚(はかな)い、そんな印象だった。
「誰だ…、あれ…」
お兄ちゃんの追っかけ…？
僕はそれをこっそりと見送った後、寮のドアを開けた。
「わぁ!?」
そこで、お姉ちゃんにぶつかる。
「ご、ごめんなさ…っ！あ！ 咲人くん！」
グッと頭を下げてから、恐る恐るこちらを見上げたお姉ちゃんは相手が僕と分かるなり、ニコッと笑った。
「ど、どうしたの？」
「……。…や、帰ってきただけだけど…」
僕が聞きたいセリフをサラッと紡ぎ、一人落ち着かない顔をしている。
「……足、治ったの？」
僕は慌てているお姉ちゃんに、わざとゆっくり言葉を馳せ

た。
…何となく。何となくだけど、お兄ちゃんがあっちに歩いていったことは内緒にしていた方がいい気がする。
もし、お兄ちゃんのために寮まで潜入したような女だったら…危ない気がする。
…印象としては、儚げな感じ、だったけど。
「う、うんっ！　大丈夫！　1日寝てたらすっかり良くなったよ！」
お姉ちゃんは頼んでもいないのに、ブンブンと足を持ち上げて僕に元気アピールをした。
「そう、それならよかった」
僕は笑顔の裏で、違うことを思う。
（また外れなきゃ、いいけど）
そんなやり取りを玄関先でしていると、後ろから笑い声が飛んできた。
「あはは―！　マジで桜來、どんくせーよな」
　　　ピクッ
反応したくなんかないのに、この体が反応して僕は不機嫌極まりなくなった。
何か、本当に、何かがおかしい。
「…あ。は？　佐伯原？」
アイツの声が僕の名前を呼ぶだけで、本気でイライラするのは何でなんだろう。
「咲人くん…？」

それに、この声もこの声だ。
僕の誘いに乗らないのなら、僕の名前なんて呼ぶなよ。
僕はグッと奥歯を噛み締めて、その二人を振り返ることなくお姉ちゃんの腕を引く。
「行こう」
「！？」
僕の言葉と行動に、言葉にならないくらいビックリしているお姉ちゃんの顔があった。
「…えっ!?　あたしはちょっと…っっ」
多分、お兄ちゃんを追いかけようとしているのかもしれないけど、今はやめた方がいい。
お兄ちゃんの誕生日は昨日。
もしかしたらお兄ちゃんにプレゼントを渡すために潜入してきた奴かもしれない。
それに。
僕一人でこの二人をやり過ごすなんて…嫌だ。
僕はグッとお姉ちゃんの腕を引っ張った。
「ちょ、ちょっと待ってよぉぉぉぉ」
お姉ちゃんの声が玄関ホールに響き、そこらへんにいた人々がこちらを向いた。
「千亜稀ちゃんっ!!」
その時、上鶴麻弥矢の声が響く。
僕はその手のひらをポイッと離した。
「…あら？　咲人さん…？」

お姉ちゃんの隣にいるのが、お兄ちゃんじゃなく僕だったので、上鶴麻弥矢は不思議そうに顔を傾ける。
僕はその大きな瞳から視線を避けるように顔を背けた。
そんな僕のことは気にも留めず、上鶴麻弥矢が口を開く。
「今、寮に侵入者が入ったらしいですわ！」
ギュッと眉を寄せて、不安そうに口を開いていた。
「……」
僕は敢えて、知らないふりをしようと決めた。
何の情報も、提供しない。
今、それにお兄ちゃんが関わっているということも。
「ま、ま…」
「それ、マジですか？」
　　　ピクッ

驚いて唇をはわはわと動かしていたお姉ちゃんに被せて、いけ好かない男が口を挟む。
いきなり入ってきた奴の発言に、上鶴麻弥矢は驚いて目をしばたいた。
「…どなたですの…？」
その瞳の大きさに、少しだけ息を呑んだ奴が上ずりながら自己紹介をする。
「えっと…、今年外部受験で入ってきた１年の上川路知明っていいます」
ニコッと胡散臭い爽やかな笑顔が、僕は嫌いだ。

スッと視線を避けて、僕はその笑顔を一瞬たりとも視界に入れまいと努力した。
「まぁ。それは…」
上鶴麻弥矢がにっこりと微笑みを返す。
そこで、ララはというと…。
「………」
真っ赤に顔を火照らせて、居合わせにくいとでもいうように肩身の狭そうな顔をしている。
僕はそんなララをジッと横目で見つめた。
そんなに居にくいのなら…。
「ララ、行こう」
僕は咄嗟に手を取った。
「へっ!?」
驚いた顔のララなんて無視。
「じゃ、お姉ちゃん。ソイツの面倒よろしくね」
ニコッと笑顔を作って、僕は言う。
「…ちょ…!」
ついでに知明の驚いた顔にもニコッと笑顔を向けて、僕はララを掻っ攫う。
何か分かんないけど、ララには構いたくなるから。
自分でも分からないこの感情を僕は笑顔でごまかした。

咲人くんに「中に入ろう」と引っ張られたはずなのに、今では咲人くんはララちゃんという女の子を連れていなくなってしまった。
「…やられた…」
知明くんという男の子が、頭を抱えている。
それを見たマミヤちゃんがこっそりと口を開いた。
「これぞ泥沼の三角関係ですわ。しかも千亜稀ちゃんの第２世の香りがプンプン…」
「！？」
そんなことを言うマミヤちゃんを、ギョッとした顔であたしは見た。
「な、なん…!?」
「だって、多分。ララさんはお気づきになっていませんもの。…特にこの方のお気持ちは」
マミヤちゃんが横目で知明くんを見る。
あたしもつられて、知明くんを見た。
そんなあたし達の視線に気づいたのか、知明くんがニコッと笑った。
「アイツって、いつもアアなんですか？」
ポリッと頭を掻いて少しだけやるせないように笑顔で言う。
「アイ…」
「そうですわね。大抵そうですわ。…佐伯原の人間は」
それに返事をしたのはマミヤちゃんだった。
（へ…）

マミヤちゃんは今の会話で「アイツ」がどちらか分かったのだろうか。
…いや、まぁ。
普通に考えて、"アイツ"って言えば咲人くんになるのかな？
てか、大抵そうなの？　佐伯原の人間って。
ポカンと瞳に、二人のことを映していると知明くんが言う。
「桜來が傷つく前にどうにかしてやりたいんすけどね。…って、すみません。彼女さんの前で」
「！」
爽やかな笑顔でそう言った後、あたしに向かって小さく頭を下げた。
「佐伯原先輩みたいな男なら、桜來を預けたっていいと思うんですけど…ね」
そう呟く知明くんの声が、広いホールにコツンと落ちた。
あたしはその言葉を聞いた後、ゆっくりと消えた二人の背中を追う。
「………」
…てゆーかあたし、今…こんなことしている場合じゃない気がするんだけど…。
タラリと汗がこめかみを伝うと、マミヤちゃんも思い出したかのように声を上げた。
「で！　で、でしたわ!!　侵入者が…っ!!」
その言葉にあたしもハッと気がつく。

「そ、それってどんな男なの!?」
あたしはマミヤちゃんと向き合ってギャーギャーとまくし立てた。

「この前からこの寮をウロウロと…！　あんた、何が目的なんだ!?」
寮の管理人が、息荒く大きな声でそう叫ぶ。
見た目50代半ばくらいの、厳しそうな面の男。
まぁ、それくらいないと寮のしまりもあったもんじゃないんだけど…。
「す、すみません…っ」
震える声で小さく肩をすぼめる女を、俺はチラリと横目で見た。
その女は線が細く、侵入なんて馬鹿なことをするタイプには見えない。
（しかもコイツ…名門女子高の制服じゃん）
俺はその女の制服を見て、訝しげに天井に目をやった。
「草脇(くさわき)さん」
管理人の首から下がっている身分証明の札を見て、俺はその名を呼んだ。
「は、はい」
角を生やしたように怒っていた顔が、俺を見るなり静かに

なる。
「あとは僕の方で事情を聞いておくので、草脇さんは管理室に戻ってください。通報、ありがとうございます」
俺はスッと立ち上がり、草脇さんを部屋から出した。
ばあさん不在の学園長室に、侵入者を連れてきた。
管理人の草脇さんは凄く大ごとに捉えているようだけど、別に大さわぎする必要はない気がした。
パタン
草脇さんの姿を見送って、俺はソファーを通り過ぎる。
「……何か飲み物でも？」
俺がそう言うと、その女は小さく俺を見つめた。
「…いえ、あの…っ」
女は視線を逸らしている。
「ここは取り調べ室じゃありません。話を聞くのなら、どうせなら楽しい方がいい」
俺がクスッと笑ってそう言うと、女はおずおずと俺に視線を向けながら小さく口を開いた。
「じゃ、じゃあ…紅茶を」
「はい」
俺は小さく答えた。
ばあさんのカップを勝手に借りて、俺は手際よく飲み物を準備した。
「どうぞ」
カチン、とテーブルに皿が当たり、小さく音を立てる。

「あ、ありがとうございます…」
女はやっと聞こえるような声でそう言った。
「………」
女が紅茶を飲むのを待って、俺はソファーの上で足を組む。
「それで…。何か用があって寮へ行かれたのではないのですか?」
目的、とか言うから口を開きにくくなる。
俺は女に視線を当てることなく、紅茶を見つめながら小さく訊ねた。
女は言っていいものかと俺を窺っているように見えた。
「草脇さんに、色々と調べられたんでしょう? 何も奪ってないし、何も傷つけてない。だからこちらには貴女をここに留まらせる理由はない。今すぐにでも帰っていただいて結構なんです」
俺がそう言うと、女はさっきよりも明るい顔で俺を見る。
「でも、それが逆に。"用"を果たせてないのではないかと僕は思ったんですよ。だからもし、その"用"を教えていただけたら何か協力出来るかもしれない…」
俺はそこまで言って、小さな沈黙を作った。
誘導尋問てのは、こうやって言葉巧みに操らないとダメだ。
そう思うと、草脇さんはあまりにも直線的、すぎるかな…?
俺は口元に浮かんだ笑みをカップに隠すと、女が口を開く。
「実は…ですね…」

女が真っ直ぐに、俺を見つめた。
弱く儚い印象は、今のこの時に破れて消えたような気がした。
射るような強い瞳が、俺を真っ直ぐに見据える。
俺はカップを口元に置いたまま、ジッと女を見つめた。
「会わせていただきたい人がいるんです」
真っ直ぐ見据えるその瞳に、俺は小さく眉をしかめた。
「それは……？」
女が間を置いたので、俺はゆっくりと言葉を促す。
すると女が再び口を開いた。
「村岡千亜稀という名の、女性に」
その強い言葉に、俺は持っていたカップを皿に戻す。
カチン…
「ご存知ですか…？」
女は少し不安げに眉をひそめた。
俺は小さく冷静を装う。
また、とんでもない災難がアイツに降りかかってきたような気がした。
「………」
キラッと輝く瞳を見せた女のことは無視したまま、俺はジッとその女を観察する。
（どんな星の下に生まれてんだよ、アイツはよ…）
ため息を零したいのを抑えながら、俺はその女から視線を外した。

SF♡7
標的は…村岡千亜稀という女

王子の行方を探すため、あたしはマミヤちゃんと一緒に学園中を走り回った。
「ち、千亜稀ちゃん！　足は大丈夫ですの…!?」
体育館の中をスパイのように覗き込むあたしに、マミヤちゃんが大きく言う。
「だいじょぉぶー!!」
あたしは口パクでパクパクとジェスチャーした。
マミヤちゃんの心配顔を背中で受け、あたしは体育館の中に不審な男はいないかと垣間見る。
みんな部活に励んでいて、それどころではなさそうだ。
「ちょっと！」
「!?」
スパイ気分で誰にもバレていないと思っていたのに、後ろからすんなりと声をかけられる。
あたしはドキッとして、くるっと体を反転させた。
「入部希望者？…って、あれ…？」
背の高い女の人があたしの顔を見るなり、キョトンと目をしばたいた。
「す、すみませんっ！　入部希望ではなくて…っ」

あたしは目を瞑ったまま、謝ろうと頭を下げる。
「…分かってるよ。あんたが入部希望じゃないってことくらい。…佐伯原くんなら、校舎の中に歩いていくのを見かけたよ」
背の高い女の人は、校舎の方を指差してそう言った。
あたしは下げていた頭をゆっくりと上げる。
「そ、そうなんですか…?」
「うん」
その女の人はさっくりとした口調で、あたしに言った。
「千亜稀ちゃん!」
マミヤちゃんの声が聞こえ、あたしはその女の人の背中越しにマミヤちゃんを見た。
やっぱりこの人、凄く背が高い。
「あ、ありがとうございます…」
あたしはその人にもう一度頭を下げながら、その人の脇を通り過ぎた。
って、え…?
何であたしが王子を探してるって…。
そう気づいて立ち止まった瞬間、女の人もこちらを向いた。
「…佐伯原くん、他校の子と一緒に歩いてたけど…」
肩の上で切り揃えられた大人っぽい印象の彼女が、瞳であたしを見据えながら単調に言う。
「え…は、はぁ…って、え!? 他校の男と…!?」
あたしはガーンと口を開く。

「いや、え…男っていうか…」
「マミヤちゃん! 急がなきゃ!! 克穂がやられちゃうかもしんない!!」
あたしは、マッチョ系の男を想像した。
急がねば、急がねば王子の綺麗なお顔に…傷が…っ…ひぃいぃっ!
「行こう! マミヤちゃん!」
「ちょっ…!」
その人があたしを呼び止めようとしていたのにも気づかず、あたしはマミヤちゃんの腕を取った。

「先輩、どうしたんですか? 今の、克穂先輩の彼女ですよね?」
体育館の中で、部活をしていた女生徒がその女に呼びかける。
その背の高い女は、走り去った千亜稀の姿を瞳で追っていた。
「先輩…?」
その姿に、後輩が首を傾げる。
「あ、あぁ。ごめん。練習始めよっか。ごめんね? 引退してまで遊びに来ちゃって」
女は気を取り直したように、目の前に立つ後輩に笑った。

「全然！　来てもらえて、あたし達はありがたいんです！」
ポンッとボールを弾ませて、女が体育館の中へ入るのを待つ。
それでも女は走り去った千亜稀のことが、頭の中で気になっていた。

今度の場所は、敵が多かった。
今日は学校を休んでいるので、先生達に見つかってもダメ。
「っ」
あたしはクルクルと身を翻して、校舎を移動していた。
多分、多分だけど…。
「連れていくとしたら学園長のお部屋ですわね」
あたしが言おうとしていたことを、マミヤちゃんがサラッと言う。
「…！　そ、そうだよね！　あたしも思ってた!!」
コククと頷いて、あたしは学園長室を目指す。
(待っててね！　王子！　今、助けに行くから!!)
ちょっとだけ勇者な気分になって、あたしは足を急がせる。
寮に侵入するなんて、誰にも捕まらない自信があるに違いない。
てことはつまり、多分すっごい力の強い男か…格闘技が出来る男か…、うん。

あたしはおばあ様のお部屋の前まで来て、グッと拳を握った。
「いくよっ」
「はいっ」
マミヤちゃんと顔を合わせて、大きく頷きあった。
「「せーのっ!!」」
ガラッ!!!
「克…っ。…ん?」
目の前に、上品に紅茶を飲んでいる王子と美女がいる。
(あれ…。この子、確か…)
「そ、その方はどなたです!? 何で二人きりで…っ! どれだけ千亜…ぬはっ!?」
マミヤちゃんがあたしの代わりに怒ってくれた瞬間、マミヤちゃんがよろめいた。
「だ、大丈夫!? マミヤちゃん!」
隣でよろめいたマミヤちゃんを見て、あたしは慌てて体を支える。
叫んで部屋に入ろうとしたマミヤちゃんに、王子が布巾か何かを投げつけていた。
「な、何するのよ! 克穂!!」
あたしはキッと眉をひそめて王子を睨む。
すると、カップを持ったまま唖然とこちらを向いていた美少女が、ゆっくりと王子に視線を向けた。
「……佐伯原、…克穂…?」

ギョッと怪訝そうに王子を見る。
「…？」
あたしは眉をひそめたまま、よろけたマミヤちゃんを片手に、その子を見た。
一体ここで、何をしてたの…？
「……」
王子は何も言わずに席を立った。
「…すみませんが僕は知りません。では、お帰りください」
そう言って、その子を部屋から出そうとしている。
あたしとマミヤちゃんの前に立って、手を廊下へと向けていた。
背中だけでも分かる、その猫被りな態度にあたしはグッと顔をしかめる。
何でいきなりこんなこと…!?
「えっ、ちょっと待ってくださいっ!!　貴方の名前は…っ」
その子は慌てながら王子と向き合おうとしている。
あたしは何が何だか分からずにいた。
おばあ様の部屋に、王子が美少女と二人きり…？
それにこの子、この前寮の前にいた──…。
王子はそれでも、何事もなかったようにその子を廊下に追い出した。
「ちょ、克っ…」
声を荒らげようとするあたしの口元を王子が塞ぐ。
「それに。今、その方のお名前、何て言われました…？」

口を開いたあたしを見て、彼女は王子に問うた。
視線があたしを指している。
「…え？…あたし…？」
あたしが王子の体越しにその子と視線を合わせると、その子はコクンと頷いた。
「あ、あたしは…むはっ…!?」
その瞬間、目の前に立っていた王子の背中があたしの顔にぶつかる。
「村野町子。高校２年生」
(はっ!?)
何故か王子がそんなことを言い出した。
村野、町子!?　てゆーか…高校２年生!?
あたしは必死にもがくが、後ろ手で王子に腕をギュッと握られる。
「い、いたっ…」
すると、その子は小さく瞳を伏せた。
「そう、ですか…。村野さん、驚かせてしまってすみません。では…。また…ご連絡お待ちしております」
その子はペコッと頭を下げると、そそくさと廊下を走っていく。
あたしはそんな情景を、王子の背中越しに見つめていた。
"また、ご連絡お待ちしております"？
良くない空気が、あたしを取り巻く。
「……なんですの、村野町子って」

復活していたマミヤちゃんがやっと口を開いた。
それを見て、王子がマミヤちゃんの方を向く。
「助かったよ、マミヤ。空気読んでくれて」
くるりとこちらを向くと、小さくため息を零してあたしの肩をポンと叩いた。
あたしはそれでも訳が分からず、おばあ様の部屋に逆戻りする王子を追う。
「ねぇ！　どういうこと!?　何があったの…!?」
あたしが王子の背に叫ぶと、王子はソファーに腰掛けて右手で額を抱える。
「…何があった、は俺の方だよ。いったいお前…」
王子の不機嫌そうな顔を見て、あたしはここにやってきた訳を思い出した。
「そ、そう‼　侵入者が出たんでしょ!?　捕まったの!?　その男！」
鼻息荒く王子を問い詰めると、王子の目が点になる。
「………は？」
長い間を置いて、王子が眉をひそめてそう言った。
するとその答えは隣に立っていたマミヤちゃんから返ってきた。
「それが、今の方ではありませんの？」
マミヤちゃんの言葉に、あたしの脳はストップする。
「……え？」
言っている意味が分からない。

だって、侵入者は男なんじゃ…。
「思い込みですわ。侵入者と聞いて、あたくし達、てっきり男性かと思いましたが」
マミヤちゃんがあたしの顔色を読んで、言葉を進める。
あたしはガンッと大きなショックを受けた。
侵入者が女…
しかも王子と二人きりで密室に…っ。
はわわわと口を震わすと王子が口を開く。
「おい、町子。お前最近、怪しい何かに首とか突っ込んでねぇ？」
王子がため息交じりの不機嫌オーラでそう言った。
グワングワンとショックを受けていたあたしは、王子のその言葉でキッと目元を怒らせた。
「だからーっ！ 町子って誰よー!!!」

何だか全然よく分からないけれど、あたしは一人、寮に帰されることになってしまった。
マミヤちゃんは、王子が…。
『何でよ！ あたしも一緒に行く～!!』
『…バーカ。足手まといは大人しくしてろ』
王子はあたしの方を見ることもなく、マミヤちゃんと何か話をしている。
あたしを学園長室から出て行けとドアの所に押しつけて、

王子はマミヤちゃんを部屋の奥へと連れていった。
眉をひそめ合いながら、コショコショと話している。
あたしはますますギュッと眉間にしわを寄せて、二人を見つめた。
『──…』
そんなあたしの視線を感じ取ったのか王子が振り返り、そしてマミヤちゃんも心配そうにあたしを見つめる。
もしかしたら、あたしにも…教えてくれる気になったのかな…？
期待に満ちた瞳で二人を見つめると、王子が口を開いた。
『ほら。早く帰れって』
『！！！』
その言葉に、あたしはガッと目を見開く。
おまけに王子はシッシッと手のひらまで見せてくれた。
『な、何でよっ!!』

カチンときたあたしは、大きく声を荒げた。
そんな叫びも虚しく、あたしは寮へと帰ってきた。
まだあの子がここらへんをウロウロしていれば、事情を聞いて、しかも誤解を解けて（あたしは村野町子じゃないって）、愚痴だって話せたかもしれないのに…。
あの子の姿さえ見かけなかった。
「…はぁ」

あたしは深いため息を一つ落として、冷蔵庫から白ぶどうの果実入りジュースを取り出す。
もちもちプリンを食べる時は、これとの相性が抜群だということに最近気がついた。
スプーンを口にくわえ、コップともちもちプリンを両手に持って、足でパタンと自分の部屋のドアを閉める。
「はぁ」
再びため息をつきながら、もちっとしたプリンを掬い上げた。
あの子、結局何のために寮なんかに潜入したんだろ。
王子の名前を聞いて驚いていたのを見ると、前から王子を狙っていたわけではない、…のかな？
それか噂に聞いて王子を見に来た、とか？
それに王子も王子。
マミヤちゃんに布巾を投げたり、あたしのこと村野町子って言い出したり。…しかも２年生とか！
「…ん？」
あたしはそこまで考えて、カクン、と首を傾げた。
マミヤちゃんに布巾を投げた時って…。
頭の中でギュギュンと巻き戻しをしてみる。
『んで二人きりで…っ！　どれだけ千亜…ぬはっ!?』だった。
"千亜稀"そう言おうとした時に、王子がそれを邪魔したんだ。

てことは…もしかして…？
あたしはもちもちプリンを食べつつ、いつになく冴えた頭を動かしていた。
もしかして、あの子にあたしの名前を教えない、ため…？
それなら納得がいく気がする！
王子は意地悪だけど、いつもあたしのことを想って動いてくれるから。
ガチャ
「……ただいま」
王子の声がドアの向こうで弾ける。
あたしは急いでもちもちプリンを完食して、廊下に飛び出した。
「お、おかえりっ!!」
勢いよく出たあたしは、廊下を歩いていた王子と鉢合わせになる。
つま先に力を入れて、流れそうになっていた体をギュッと固まらせた。
「は、早かったね!!」
「…は？」
にこやかなあたしの顔を見て、王子は眉をひそめる。
自己完結した嬉しい想像に、頬が緩んでしまっている。らしい。
あたしはそっと顔を隠して、真顔に戻した。
そしてもう一度顔を上げる。

「で！　マミヤちゃんと二人で何の作戦会議してたわけ？」
言った！　言ってやった！
すっごく強気に、ちょっと怒った顔で、言ってやった！
口角が上がりかけるがそれを一生懸命制してみる。
そんなあたしの顔を見て、王子は気怠そうに髪を掻きながら口を開いた。
「……。お前、ホント何した？　あの女、何？」
やはり！
もしかしたらあたしの想像通り！
きっとあの人はあたしを探しにやってきたんだ。
「あの人、あたしを探しに来てたの？」
そう訊ねると王子が面倒くさそうに、眉をひそめる。
「…そう。寮まで侵入してくるくらい」
‥──。
王子のその言葉を聞いて、あたしは口角を上げたままの顔で目だけをパチクリと瞬かせる。
そうだ。そうであった。
あの子は危険を冒してまで、**わざわざあたし**を探しに来たんだ。
するといきなり怖くなる。
「な、な、何で…!?」
ギュッと眉間にしわを寄せて、王子の胸元を握った。
ギュッと顔を近づけたあたしに、眉をひそめる表情はそのままに、王子は口を開いた。

「だから。それを俺が聞いてんだろ？　マジで身に覚えのないことなわけ？」
王子は言う。
あたしは必死で頷いてみせる。
ほんっとーに、ほんんんんっっっとうに！
あんな女の人のことなんか知りません！
「──…」
あたしの必死な顔を見て、どうやらコイツは白だとふんでくれたらしい。
王子があたしを引き離して、ため息と一緒にネクタイを解いた。
「それならますます厄介だな」
王子の後に続いて、あたしはリビングへと足を進める。
「ど、どうしよぉ…」
あたしが落ち着かなくなって、口元に手を添えると背中越しの王子が言う。
「…まぁ。そこはマミヤがどうにかしてくれるよ。今、既に動いてくれてるはずだから」
…へ…？
王子はソファーに腰掛け、テレビをつけた。
あたしはその背中をキョトンと見つめるだけだった。

標的は、村岡千亜稀という女。
17歳の高校3年生。
中肉中背、目立って秀でたところはなし。
…あ、強いて言うならべらぼうにカッコいい彼氏がいること、くらい。
でも、彼女は忘れている。
大切な約束が交わされるはずだったということを。
彼女は忘れている。
幸せな時には限りがあるということを。
まだ、気づいていない。
交わされていない約束に、彼女は気づききれていない。

「っくしょぉぉんっ」
ズズッ
洟をすすって、目の前に座る王子を見る。
王子がこちらを振り返ってこう言った。
「まぁ。波瀾を呼ぶ女、だよな。お前って」
その呆れた眼差しが、何だかとっても痛かった。
(ううっ)

(S彼氏上々Final②に続く)

※この物語はフィクションです。実在の人物・団体等は一切関係ありません。

本書に対するご意見、ご感想をお寄せください。

あて先

〒160-8326
東京都新宿区西新宿4-34-7

アスキー・メディアワークス
魔法のiらんど文庫編集部
「ももしろ先生」係

著者・ももしろ ホームページ

「Milky Sky」
http://ip.tosp.co.jp/i.asp?I=momonosorairo

「魔法の図書館」

(魔法のiらんど内)
http://4646.maho.jp/

魔法のiらんど

1999年にスタートしたケータイ(携帯電話)向け無料ホームページ作成サービス(パソコンからの利用も可)。現在、月間35億ページビュー、月間600万人の利用者数を誇るモバイル最大級コミュニティサービスに拡大している(2009年1月末)。近年、魔法のiらんど独自の小説執筆・公開機能を利用してケータイ小説を連載するインディーズ作家が急増。これを受けて2006年3月には、ケータイ小説総合サイト「魔法の図書館」をオープンした。魔法のiらんどで公開されている小説は、現在100万タイトルを越え、口コミで人気が広がり書籍化された小説はこれまでに140タイトル以上、累計発行部数は1,700万部を突破(2009年1月末)。ミリオンセラーとなった『恋空』(美嘉・著)は2007年11月映画化、翌年8月にはテレビドラマ化された。2007年10月「魔法のiらんど文庫」を創刊。文庫化、コミック化、映画化など、その世界を広げている。

魔法のiらんど文庫

S彼氏上々Final①

2009年6月25日 初版発行

著者　ももしろ

装丁・デザイン　カマベヨシヒコ(ZEN)

発行者　高野 潔

発行所　株式会社アスキー・メディアワークス
〒160-8326
東京都新宿区西新宿4-34-7
電話03-6866-7324(編集)

発売　株式会社角川グループパブリッシング
〒102-8177
東京都千代田区富士見2-13-3
電話03-3238-8605(営業)

印刷・製本　図書印刷株式会社

本書は、法令に定めのある場合を除き、複製・複写することはできません。
落丁・乱丁本はお取り替えいたします。購入された書店名を明記して、
株式会社アスキー・メディアワークス生産管理部あてにお送りください。
送料小社負担にてお取り替えいたします。但し、古書店で本書を購入されている場合
はお取り替えできません。定価はカバーに表示してあります。

©2009 Momoshiro　Printed in Japan　ISBN978-4-04-867835-3　C0193

魔法のiらんど文庫創刊のことば

『魔法のiらんど』は広大な大地です。その大地に若くて新しい世代の人々が、さまざまな夢と感動の種を蒔いています。私達は、その夢や感動の種が育ち、花となり輝きを増すように、土地を耕し水をまき、健全で安心・安全なケータイネットワークコミュニケーションの新しい文化の場を創ってきました。その『魔法のiらんど』から生まれた物語は、著者と読者が一体となって、感動のキャッチボールをしながら生み出された、まったく新しい創造物です。

そしていつしか私達は、多数の読者から、ケータイで既に何回も読んでしまったはずの物語を「自分の大切な宝物」、「心の支え」として、いつも自分の身の回りに置いておきたいと切望する声を受け取るようになりました。

現代というこのスピードの速い時代に、ケータイインターネットという双方向通信の新しい技術によって、今、私達は人類史上、かつて例を見ない巨大な変革期を迎えようとしています。私達は、既成の枠をこえて生まれた数々の新しい物語を、新鮮で強烈な新しい形の文庫として再創造し、日本のこれからをかたちづくる若くて新しい世代の人々に、心をこめて届けたいと思っています。

この文庫が「日本の新しい文化の発信地」となり、読む感動、手の中にある喜び、あるいは精神の支えとして、多くの人々の心の一隅を占めるものとなることを信じ、ここに『魔法のiらんど文庫』を出版します。

2007年10月25日

株式会社 魔法のiらんど
谷井 玲